操の口の中から、指が引き抜かれる。

口の端からは、鮮血が滴り落ちた。

敬春の流した血だ。

「……おまえは肌が白いから、黒以上に紅が映えるな」

溢れた血を尖らせた舌先で辿りながら、敬春は呟いた。

BUNKO

# 虜囚―とりこ―

あさひ木葉

この物語はフィクションであり、実在の人物・団体・事件等とは、いっさい関係ありません。

Rose Key BUNKO

# CONTENTS

イラスト・笹生コーイチ

# 虜囚―とりこ―

# 1

これからどうなるんだろう……？

あちらこちらから、自分に向けられる視線を感じる。

あつらえたばかりの喪服に身を包んだ柚木《ゆず》操《きみさお》は、畳の上で正座をしたまま、じっと両親の遺影を見つめていた。

泣くことさえもできない。

操の父親は、広域暴力団東雲《しののめ》組系軌条《きじょう》会系列の暴力団、柚木組の組長だった。

小さくて、穏健派の組とはいえ、暴力団だ。いつの日か、家族と不慮の別れをすることがあるかもしれないと、漠然とした不安はあった。

でも、母親がスナックを経営して生活費を稼ぐほど地味な組だったし、まさか抗争で両親が揃って命を落とすことがあるなんて、考えられなかった。

その日のことを思い出すだけで、今でも操は目の前が真っ赤に染まる感覚を味わった。

大学から帰ってきた操が見たのは、銃撃され、踏みにじられて、変わり果てた姿になった両親だった。そして、小さな頃から操を可愛がってくれていた、組員たちの亡骸《なきがら》。

玄関から入った瞬間に血の匂いを感じ、両親に呼びかけながら家に上がった操を捕まえたのは、組の上部組織である軌条会の人間だった。

どうして？

味方のはずなのに……？

操は混乱しきったまま、あの日から軟禁状態に置かれている。

今日、司法解剖から戻ってきた両親の通夜が営まれているのだが、周りは軌条会の組員が固めており、厳戒態勢がしかれている。

操には、何がどうなっているのか、事情がわからなかった。

外に出せとは言わない。せめて新聞やラジオ、インターネットを見たいと思ったのだが、それさえも叶えられない。

両親がなぜ死んだのかさえ知ることもできず、誰かを憎んだり、復讐を考えたりする以前の段階で、操は苦しんでいた。

だから、涙も出ないのかもしれない。

両親が亡くなったのが、とても現実だとは思えないのだ。

この一週間というもの、操が監禁されていたのは、軌条会の会頭、軌条久光《ひさみつ》の屋敷の離れだ。

常に人の目がある状態で閉じ込められ、操はずっと小さくなっていた。

自分がどうなるのかわからない。

不安で仕方がなかった。

最近は、親がヤクザとはいえ、子どもは普通に学校に通い、高学歴だったりすることもあるご時世だ。

操の家は特に、息子の操には跡を継がせないつもりでいたらしく、操はごくごく普通の家庭の子どもと同じように育てられた。

組の財布事情は悪かったようで、両親も操も慎ましく暮らしてきた。

一部の組員が住み込んでいたので、人の出入りは多かったが、決して身近で血生臭い匂いがするような境遇ではなかったのだ。

だから、自分が抗争に巻き込まれるなんて、考えたこともなかった。

こんな事態になった後でも、いまだに現実のこととは思えない。

これから、柚木組を自分が継ぐことになるのだろうか？

軌条会に閉じ込められたままの操には、組員がどれだけ生き残っているかすらもわからない状態だ。

けれども、もし組員が残っていて、組というシステムを維持しなくてはいけないのならば、組長の一人息子である操が家を継ぐことになっても仕方がないことなのかもしれない。

組を継ぎたいと思ったことはないが、組員たちを見捨てることはできない。

とにかく、外の情報が一切入ってこない状態に、操は焦りと不安を感じていた。

この一週間というもの、操がまともに顔を合わせていたのは一人っきりだったから……。

「操」

そのたった一人の相手に名前を呼ばれて、操は顔を上げた。

「敬春《ゆきはる》さん」

操が一人ぼっちで両親の柩《ひつぎ》を守っていた部屋に入ってきたのは、軌条会の会頭の長男、敬春だった。

操よりも三歳ばかり年上で、昔からの顔見知りだった。

お互いに立場があるので、友人とは言い難い。少なくとも操からしてみれば、敬春は立てなければいけない、目上の人間だった。

いずれ敬春は、軌条会を継ぐ。操が柚木組の組長になるのであれば、操の上に立つはずの人だった。そうでなくても、両親にとって大切な相手だ。礼儀は守りたい。

敬春は、単に軌条会の会頭というだけでは収まらないだろうと言われている。

現在大学四年生で、一流私立大学の経済学部に通っている彼は、傲岸不遜《ごうがんふそん》で大胆な性格をしており、生まれついて指導者の器《うつわ》だった。

滲《にじ》み出す威厳が、並より優れた彼の男らしい美貌を際立てて、道行く人の誰もが振り返るほどだった。

カリスマというのは、敬春のような人間のことを言うのかもしれない。

おまけに彼の母親である軌条蝶子《ちょうこ》は、軌条会の上部組織であり、日本最大のヤクザ組織、東雲組の組長の娘で、女丈夫《じょじょうふ》として知られていた。

東雲組の組長は自分の若い頃にそっくりな敬春を孫の中で最も溺愛《できあい》しており、敬春は弱冠二十二歳でありながら、いずれ東雲組の大幹部である父親を飛び越して、東雲組の跡目も相続するのではないかと言われている。

操は、彼とは幼い頃からの知り合いで、周りには一応、幼馴染《おさななじ》みと目されていた。

敬春と操は正反対だ。

隆々とたくましい体をした敬春と違い、操の体は細く、繊細な容貌をしていた。肌の色は雪よりも白く、大きな瞳は薄茶色だ。性格も大人しめで、将来的に自分には組長なんて務まらないと、ずっと思っていた。

操は自分にない敬春の力強さやたくましさに憧れてはいたが、敬春が操をどう思っているかはわからない。時折、じっと見られているような気がすることもあったが、たいして交流はなかった。

親しくないとはいえ、敬春は昔から同席するたびに操には声をかけてきてくれた。

怖いくらい迫力のある人だが、心配りをするタイプなのかもしれない。

下部組織の組長の息子ということもあってか、操には気を遣ってくれているようだった。

今回も、両親を殺されたあげくに軟禁状態に置かれているわりに、操が取り乱さずにすんでいるのは、軟禁場所が敬春のところだからなのかもしれない。

この人が傍《そば》にいるのであれば大丈夫だという安心感が、敬春からは得られる。だから操は、自分の隣にやってきてあぐらを掻いた彼を見ても、少しも警戒しなかった。

敬春は、じっと操の顔を見つめる。

「……おまえは色が白いから、黒が映えるな」

操の顎《あご》を掴《つか》み、敬春は呟いた。

「……？」

操は、目を眇《すが》める。

敬春に、こんなふうに触れられたことはない。

いったい、どうしたのだろう？

敬春の黒い瞳は、思いつめたような色をしていた。

「あの、どうしましたか？」

操は首を傾げる。

「……そそられると、思ってな」

どういう意味だろうか。

敬春は、口元を歪《ゆが》めるように笑っている。

意味はわからなかったものの、何かとても不謹慎なことを言われた気がして、操はかすかに表情を曇らせた。

そして、敬春の視線を避けるように、視線を逸らそうとする。

ところが、敬春はそうさせてくれなかった。

「おまえの身の振り方が、決まった。このまま、俺預かりになる」

操は下げかけた視線を上げる。

敬春の預かりになるということは、彼の部下として傍に置かれるということなのだろうか。

なんだか、ぴんと来ない。

操はやはり、極道という道が自分には向かないと思う。

いくら、両親がそうであれ。

「組は壊滅した。他に行く宛てもないだろう？」

操の反応が鈍いせいか、敬春は言葉を重ねてくる。

壊滅という言葉に、操は胸を痛める。

では、組員たちも、みんな死んでしまったということなのか……。

目の奥が熱くなってしまい、操は何度も瞬きをする。

両親に、組員たち。世間的にはどうであれ、操には大切な家族だったのに。

「……敬春さん、教えてください」

操は思い切って、ずっと胸に抱えていた疑問を口にした。

「どうして柚木組は壊滅したんですか？　いったい、誰に……？」

「おまえは、知らなくていいことだ」

敬春は、突き放すように冷たい。

「そうはいきません」

操は食い下がる。

「俺だって、極道の息子です。両親の死の理由も、敵の名前も知らないままではすまされません」

「操」

興奮しはじめた操をいなすように、敬春は名前を呼ぶ。

「もう、おまえはそんなことを考えなくていい。俺が預かると言っているだろう？　おまえの身の安全も、これからの生活も全て、俺が責任を持つという意味だ」

「どういうことですか？」

『預かる』という言葉の意味が、操が想像しているものと微妙にずれているような気がする。

操は問いかけるように、じっと敬春を見上げた。

「まだわからないのか？」

敬春の腕が動く。

操は、大きく目を開いた。

操は気が付けば、敬春の肩越しに天井を見上げていた。

自分の身に、何が起ころうとしているのか、最初はわからなかった。

押し倒されたのだと気づいたのは、敬春が全体重をかけるように操を拘束してきた時だった。

「何をするんですか！」

操は、驚きのあまり声を上げる。

「察しが悪いな」

敬春の笑顔は、歪んでいる。

彼らしくない表情だ。

いったい、何が彼にそんな顔をさせているのだろう。

「おまえは、今日から俺のものだ。俺の傍から、一生離れられない。……俺の女になるんだ」

「な……っ！」

操は大きく身じろぎをした。

敬春の女になる？

いったい、どういう意味だろう。

操は男なのに。

「どういうことですか……？」

「言葉どおりだ、操」

敬春は、喪服の黒いネクタイを解《ほど》きはじめた。

「柚木組は壊滅した。おまえは極道の息子なんていう肩書きや義務からも解放される。ただし、俺のものになるという条件と引き換えだ。今までのしがらみ全てを捨てて、俺にただ愛されるだけの存在になったんだ。柚木の名も捨てろ」

「何を言われているのか、わかりません！」

操は、悲鳴を上げる。

軽いパニックすら、起こしていた。

女になる？

敬春に愛されるだけの存在になる？

いったい、どういうことなのだろう。

理解できないし、理解したくもなかった。

「お願いです、敬春さん。放してください！」

どうにか敬春の下から逃れようと、操はしきりに身じろぐのだが、敬春はどうしても放してくれない。

それどころか、解いた彼のネクタイで、操は手首を結《ゆ》わえられてしまった。

「いやだ……っ！」

操は悲鳴を上げる。

その悲鳴に被さるように、シャツの前を力任せに破られた音が響いた。

操は恐怖に身を竦《すく》める。

まさかとは思うが、敬春はこのまま操を……？

「口唇は、後にしよう。まずは、おまえを俺のものにしてから、じっくり可愛がってやる」

敬春は、低い声を立てて笑う。

「……皆が、俺がおまえをモノにするのを見届けようとしているしな」

操はその言葉に凍り付く。

部屋には操と敬春しかいない。

しかし、廊下には見張りの人間もいたはずだ。

彼らが動かないということは、これは軌条会の人間の総意なのだ。

遅まきながら、操はそのことに気づいた。

「どうして……？」

操の声は上擦《うわず》った。

見張りの人間だけではなく、敬春の言葉から察するに、もしかしたら幹部たちも外に控えているのだろうか？

そして、操がこれから敬春に陵辱《りょうじょく》される様子に、聞き耳を立てるのだろうか。

恐怖と羞恥《しゅうち》で、操の目の前は真っ暗になった。

「理由を知ってどうする？　現実は、何一つ変わらない。おまえにできるのは、ただ受け入れることだけだ」

敬春は、冷然と言い放った。

「両親の前で、見せてやれ。おまえが、俺のものとして生まれ変わるところを」

「いやだ……！」

よりにもよって両親の通夜の席で、男に犯されるなんて冗談じゃない。

操は、必死で暴れた。

けれども、体格の差は歴然としており、とても敬春を押しのけることなんてできない。

「放してください、放せ……っ、この……！」

腕が使えないので、まともな反抗もできない。

でも、操は必死だった。

「全く……」

敬春は息をつく。

「まずは大人しくさせないと駄目か」

「あぁっ！」

敬春は、いきなり操の股間を握り締めた。

服の上からとはいえ、力任せに握られたら痛くて仕方がない。

操は、表情を歪めた。

「痛…っ」

「……握り潰《つぶ》されたくなければ、少しは大人しくしろ」

急所を鷲《わし》摑みにされて、操は青ざめた。

「今から、おまえを抱く」

操の服をはだけさせながら、敬春は宣言した。

「……どうして……?」

喘《あえ》ぐように、操は問いかける。

信じられなかった。

小さな頃から見知った彼が、どうしてこんな真似《まね》を……?

「大人しく身を任せていれば、悪いようにはしない」

敬春は操の喪服のズボンを下着ごと引き抜くと、いきなり尻の奥へと指を突き立ててきた。

「痛いっ」

叫んだ拍子に、涙が散った。

排泄に使われるその場所に、こんなにも乱暴に他人の手が触れたのは、初めてだった。

「痛い想いをしたくなかったら、力を抜いていろ」

傲岸に言い放った敬春は、閉じているそこに無理矢理指をねじ込んできた。

「……っ…」

操は、口唇を噛《か》み締める。

他人に体の中を弄《いじ》くられる感触は、とても気持ちが悪かった。

耐えられそうにない。

「嫌だ……っ」

操は必死で、敬春を拒もうとした。

「そんなに締めつけるな」

指を排除しようと力を入れてしまった操を、敬春はせせら笑う。

「おまえの中にアレを入れたら、気持ちがいいだろうな。これだけ食いついてくるんだから」

操は、頬を紅潮させた。

女性経験もまだだった操にとって、敬春の言葉は痛烈に羞恥心を煽《あお》る。

「……可愛い反応をするじゃないか」

操の初な反応を喜ぶように、敬春は嗤《わら》った。

「女も知らないのか？　……それはいい」

「……っ…」

指は、さらに奥まで入り込んでくる。

敬春は手が大きいのだが、掌《てのひら》だけではなくて、指も長いみたいだ。

このまま、陵辱されてしまうのだろうか。

しかも、姿は見えないとはいえ、ギャラリーもいるだろうに。

そんなことになるなら、いっそ……！

操は、舌を噛もうとした。

極道の息子らしく、命がけで恥辱を拒もうとしたのだ。

ところが、敬春の行動のほうが早かった。

敬春の指が、無理矢理操の口をこじ開けて、中に突っ込まれる。

下と同じく、喉奥を抉られ、操は思わず咽《む》せてしまった。

「……早まるな」

操の口の中に指を入れたまま、敬春は後孔に含ませた指をゆっくりと動かした。

「大人しくしていれば、可愛がってやると言っているだろう？　おまえのためなら、黄金《おうごん》の檻を作ってやってもいい。なんでもしてやる。ただ、俺の傍を離れることだけは許さない」

「……くっ」

操は思いっきり、敬春の指に食いついた。

力加減なんてできない。

食いちぎってやるつもりだった。

操の舌先に、血の味が滲む。

皮膚を破り、肉までも噛み千切るかのように、操は顎の力を緩めなかった。

「案外、往生際が悪いな」

敬春は操のささやかな反撃を気にも留めていないどころか、面白がっているような口調になる。

「……だが、いいだろう。指の一本くらい、くれてやる」

余裕の笑顔になった敬春は、囁《ささや》くように付け加える。

熱っぽく、まるで愛を語るように。

「そのかわり、俺はおまえの全てを奪う」

「……！」

敬春の言葉に、操は一瞬怯《ひる》んだ。

口の端から血が溢れてくるほど、強い力で敬春の指を噛んでいたのに、一瞬、その力が緩んでしまう。

操の口の中から、指が引き抜かれる。

口の端からは、鮮血が滴り落ちた。

敬春の流した血だ。

「……おまえは肌が白いから、黒以上に紅が映えるな」

溢れた血を尖らせた舌先で辿りながら、敬春は呟いた。

夢見心地の、遠い瞳で。

操は、恐怖を感じる。

何をしても彼から逃れられないかもしれないという、闇雲な不安に襲われた。

ひゅうっと、声を紡ぐこともできなくなった喉が鳴る。

「どうした？　もう終わりか」

凍り付いてしまった操をからかうように、敬春は後孔に含ませていた指を揺らす。

「……っ…あ」

操は、思わず喉をのけぞらせた。

今まで痛みしか感じなかったのに、思いがけずに甘い衝撃が走ったのだ。

まるで、魔法のようだった。

敬春の指が操の体内のある一点を擦った途端、背筋が痺れたのだ。

「ここか」

敬春は目を細める。

「さすがに、おまえもここを弄られては、他のことは何も考えられなくなるだろうな」

敬春は操の中で指を曲げ、指の甲でその場所を強く擦った。

「……ぅ……っ」

操の肺から、息の塊が漏《も》れる。

下半身から、震えが全身に伝わっていく。

耐えられないほどの衝撃だった。

今まで、萎《な》えて縮こまっていたはずの性器が、頭を上げはじめる。

そのはしたない反応が、操を一番苦しめた。

どうして……？

自分の体の反応が、理解できない。

決して望んで触れられているわけでもないのに、なぜ性器が熱を帯びてしまうのだろうか。

「いい感度だ」

敬春は満足そうに呟く。

そして、血を流している指先で、操の頬を包みこむ。

「可愛い声を聞かせろよ」

「あ……っ」

ますます後孔を責め立てられて、操は背中をしならせる。

「……っあ……や……！」

指が一本から二本、三本に増やされても、もう操は痛みを感じなかった。

小さな後孔は、ただひたすら快感を追い求めるだけの道具になる。

嘘だ。

こんなふうになってしまうなんて、信じられない。

心は決して、この状況を受け入れられていなかった。

陵辱されて感じてしまうなんて、こんな惨めなことはない。

大人しい操の中で埋もれていたプライドがずたずたに引き裂かれ、断片になってしまってからようやく、自己主張を始めた。

「……やめろ、いやだ、いやだぁっ！」

腰を逃そうとしても、肉襞《にくひだ》は敬春の指に吸い付いてしまう。

性器の先端からは、透明の先走りが零《こぼ》れはじめていた。操が嫌がって逃れようと身じろぎするたびに、完全に勃起した性器が揺れた。

「やだ……」

操は目を見開いたまま、涙を零す。

「三本も俺の指を咥えて、美味そうにしゃぶっていやがるくせに、何を言ってるんだ」

嬲《なぶ》るような言葉に、操は死にたいほどの羞恥を感じた。

咄嗟に舌を噛み切ろうとしたのだが、もう口を閉じることもできない。

「……っ…ひ……ぁ……」

「……ぁ……ふ…………っ……」

敬春の血が混じった唾液が、口の端から零れ続けていた。

「……そろそろいいだろう」

操の中から、敬春は一気に指を引き抜く。

そして、操の腰を抱え上げると、一気に後孔を性器で貫いた。

「あぁっ！」

操は叫び声を上げる。

指で弄くられた後だとはいえ、挿入の衝撃は強烈だった。

下から内臓を押し上げられるような不快感を、操は感じる。

頭が、どうにかなりそうだった。

「……っ、や………！」

「あれだけ慣らしたのに、まだきついか」

操の中に情け容赦なく腰を進めてきながら、敬春は呟く。

「男は初めてなら、仕方がないな」

楽しげに、彼は言う。

「そのうち、ここに俺を咥えるだけで、射精できる体にしてやるよ」

「……っ…あ……っ……」

大きく腰を動かされて、操は呻《うめ》いた。

敬春の性器は大きくて、猛々しいほどだった。

操は為す術もなく、彼に追いつめられていく。

「……ぁ……や……」

痛いだけだったはずなのに、前立腺を刺激されるせいか、射精への欲求も高まっていく。

操は、目の前が真っ暗になった。

このまま、女のように男の性器を受け入れたまま、射精させられてしまうのだろうか。

想像するだけで、たまらなく屈辱的だった。

敬春は操の腰を抱え上げると、膝立ちの姿勢で最奥を突き上げてきた。

そして、片手で操の性器を強く刺激した。

「あぁぁっ！」

操は悲鳴を上げる。

不安定な姿勢で、操は感極まっていた。

下腹を、ぬるっとした感触が滴る。

敬春を咥えたまま、射精してしまったのだ。

「まだだ、操。これからだろう？」

敬春は宙に浮かしたままの操の腰を、強く揺すぶった。

「……っあ……」

全身が虚脱感に包まれていた操だが、敬春が自分の快楽を追い求めはじめたことに気づいて、顔を強張らせた。

まさか、このまま操の体内に敬春は射精するつもりなのだろうか。

耐えられない。

「やめ……いやだ、中は嫌だ……しないで……っ」

「……そのうち、中に出してってねだるようにしてやる」

「……や……っ」

操の腰を押さえ込み、深いところを立て続けに責め立てた敬春は、そのまま操の中に精を放った。

「……っ」

汚された。

操は、呆然と天井を見上げた。

両親の亡骸の傍で、犯されてしまった。

「わかるか？　中で出したのが」

敬春は操の体を抱え上げ、自分の膝の上に乗るように座らせる。

「……！」

操は驚愕《きょうがく》に目を見開いた。

下から突き上げるように、敬春の性器に串刺しにされてしまった。

「もっと楽しもうじゃないか」

向かい合うように操を抱いた敬春は、操の胸に唇を寄せてきた。

「この小さな乳首も、もっと大きく膨らむまで可愛がってやる。形も色も綺麗だから、変形させるのがもったいない気もするが……。赤らんだ、淫乱の乳首にしてやるよ」

「嫌だ……」

操はもう、譫言《うわごと》のように拒絶の言葉を繰り返すことしかできない。

「『敬春さんの女になります』と言って、俺のペニスに接吻できるようになるまでは、終わらないからな」

自分の重みで性器を奥まで受け入れさせられてしまった操に、敬春は恐ろしい要求をしてきた。

おまけに彼は、散らばっていたシャツの切れ端で、操の性器の根元を縛《いまし》めたのだ。

「や……っ」

操は恐怖のあまり、表情を歪める。

急所を弄ばれると、体が竦む。

「大人しくなったら、解いてやる」

言いながら、敬春は操の性器に愛撫《あいぶ》を施しはじめた。

「……ひ…っ」

恐ろしいし、望んだ行為ではないというのに、擦り上げられると、性器は反応してしまう。

一度達して感じやすくなっているせいか、ひとたまりもなかった。

「……っあ……や……ぅ……」

「こっちも、勃起しているな」

冷やかすように言った敬春は、操の乳首を咥える。

「しこりみたいだ」

「いや……っ」

乳首なんて意識したこともなかった場所なのに、敬春の口で弄ばれると、たまらなく感じてしまった。

「……や……め……っ、あ……」

勃起した性器が苦しい。

せき止められた熱が、操を追いつめていく。

「……け……解け……っ」

「ならば、俺の女になると誓え」

「いや……っ」

操は、懸命に首を横に振る。

「さっきも言っただろう？　誓えるまでは、解いてやらない」

操の目には、悔しさのあまり涙が浮かんでしまう。

いまだに手首は解かれないため、自分の手で性器を慰めることすらできないのだ。

絶望に心を染め上げられながら、操は目を閉じた。

涙が溢れて止まらなかった。


操が解放され、我に返るまでに、どれだけの時間が流れていたのかわからない。

陵辱は執拗《しつよう》だった。

操が屈服するまで許されることはなく、射精すらもできずに追い込まれた状況の中、操はとうとう自分から敬春のたくましい性器に口づけ、「敬春さんの女にしてください」と跪いて誓わされた。

その後にようやく解放されて達し、気を失ってしまっていたようだ。

陵辱の限りを尽くされた体は重苦しく、指一本動かすのも辛かった。

「目が覚めたか？」

声をかけられてようやく、操は自分が敬春の腕の中にいることに気が付いた。

「……！」

操は慌てて、彼の腕から逃れようとする。

しかし、捕らえる腕の力は強く、敬春は放してはくれない。

「気分はどうだ？」

敬春は感情のこもらない視線で問いかけてきた。

「……放せ……！」

「そうはいかない。もうおまえは、自分の立場を忘れたのか？」

その敬春の言葉に、操は口唇を噛み締める。

泣きながら敬春に服従を誓ってしまった、自分の醜態を思い出す。

体中の血が、煮えたぎるようだった。

操は今まで自分のことを、大人しく、ヤクザには向かない性格だと思っていた。

今でも、ヤクザに向かないというその想いは消えないが、ただ一つ、初めて気が付いたことがあった。

操が自分で思っていたよりも、プライドが高かったということだ。

ねじ伏せられて初めて、操は自分の中にそんなものがあったことに気づいた。

絶対に許さない……！

操は怒りに身を焦がし、敬春を睨《にら》みつけた。

こんなにも、誰かに怒りを感じたことはない。

「いい顔をするじゃないか」

敬春は、強引に操の顎を捕らえた。

「俺の腕の中で鳴いている時の淫乱さもいいが、こういう気の強い表情にもそそられるな。こんな顔ができるやつだとは、思っていなかったよ」

「……っ」

操は、口唇を噛み締める。

できることなら、敬春を殴りつけてやりたい。

しかし、手首を縛められている今の状態では無理だ。

「なんで、こんな真似を……！」

「おまえは知らなくていいと、何度言わせるんだ？」

敬春は、操の体に再び触れようとした。

「やめろ！」

操は彼の手から逃れるように、体を捩《よじ》る。

けれども、自分よりもずっと体格がいい敬春を振り払えるはずがなく、あっさりと捕らえられてしまった。

「……っ、やめ……！」

これ以上辱《はずかし》められるくらいなら、この先ずっと、彼に弄ばれ続けるくらいなら、死んだほうがましだ。

操は、咄嗟に舌を噛み切ろうとした。

「全く……。綺麗な顔をしているのに、気が強いな」

敬春は操を背中から自分の膝の上に抱え上げると、口の中に手を突っ込んできた。

「あ……ぐ……っ」

息苦しさのあまり、操は涙を零す。

死ぬことすら、許されないなんて……。

悔しくて、仕方がなかった。

どうして、こんな目に遭わなくてはいけないのだろうか。

「両親のことを知らずに死んでもいいのか？　なぜ死んだのか。誰に殺されたのか……」

死に急ぐ操を、その敬春の言葉が引き止める。

操ははっとして、涙に濡れた顔を上げた。

「知る必要なんてないと言ったじゃないか……」

両親がなぜ亡くなったのか。

誰が殺したのか。

敵の正体を知りたい。

けれども、敬春はそんな操の想いすら否定したくせに、こうして操が死を選ぼうとすると、それを盾にしてくるなんて、卑怯《ひきょう》すぎる。

「俺は知る必要はないと思う。だが……」

敬春は、皮肉っぽく口唇を吊り上げた。

「おまえは知りたいんだろう?」

「……っ」

「死んだら、知ることもできないだろうな。……逃げたいなら、死ね」

「卑怯者……っ」

操は、口唇を噛んだ。

そんな言い方をされたら、操はもう、死を選べなくなる。

「……話はついたのか?」

いきなり襖《ふすま》が開いたかと思うと、一人の男が顔を出した。

敬春の父であり軌条会の会頭、軌条久光だ。

「あ……」

操は、思わず凍り付いた。

敬春に陵辱されてしまった操は、喪服を引き裂かれた、あられもない姿をしたままだった。

特に下半身は剝き出しにされており、体液まみれになっている。

こんな姿を人目に晒《さら》すなんて、耐えられない。

羞恥のあまり強張ってしまったというのに、久光の後ろから、軌条会の幹部クラスと、東雲組系列の組長たちまで顔を出した。

「ああ、話はついた」

操の肩越しに、敬春が返事をした。

そして、操の足を、さらに大きく広げさせる。

「見ればわかるだろう？　こいつは、もう俺のものだ。柚木組の件は、手打ちでいいな？」

「……なるほど」

久光は、好色な視線を操に向けてきた。

操は、悲鳴を上げる寸前だった。

まさかこのまま、久光たちにまで嬲り者にされるのだろうか。

本当に、死んだほうがましだ。

けれども、敬春が顎の噛み合わせのところに強引に指を入れてきているので、舌を噛み切ることもできない。

泣き出しそうだったが、操は懸命に涙を抑える。

これ以上、彼らの前で醜態を晒したくなかった。

「ずいぶん、楽しんだようじゃないか。しかし、柚木のせがれが、こんなに色気があるとは思わなかったな。私の相手もしてもらおうか」

久光の手が、操の太股《ふともも》に伸ばされる。

嫌だ……！

操は、必死で身じろぎしようとした。

ところが、鋭い音が鳴り響く。

何かと思ったら、久光が操に触れるより先に、敬春が久光の手を強く叩いて払っていた。

「……っ」

久光が、表情を歪める。

「これは、俺のものだ」

敬春は、操の顎を捕らえたまま、顔を上に向けさせる。

そして、涙に濡れていた頬に口唇を寄せてきた。

「あんたにも誰にも、触れさせない」

敬春の声は感情を押し殺したように低かったが、殺気は消えない。

「……ちっ」

久光は表情を歪める。

彼は、息子に迫力負けしているようだった。

「だいたい、蝶子さんに知られたらどうするんだ」

敬春は皮肉っぽく笑った。その口振りから察するに、軌条会の実力者は会頭夫人である蝶子なのだろう。

息子に反論できない苛立ちを誤魔化すように、久光は蔑《さげす》みの眼差しで操を見下ろした。

「せいぜい、こいつには護衛を山のようにつけておくんだな。こうも男を誘う体では、寄ってくる男も多かろう」

「あんたみたいにな。言われなくても、わかっている。俺が動かせる人間を、これからはこいつにつける。他の男には、絶対に触れさせない」

操の頰に舌を這《は》わせながら、敬春は言った。

「……っ」

操は、口唇を嚙み締める。

酷い言われようだ。

操は望んで、敬春に抱かれたわけではないのに。

操の体が敬春に汚されたのを確認して気が済んだのか、久光たちはまた部屋を出て行った。

「これで、自分の立場がわかっただろう？」

敬春の言葉に、操は肩を震えさせた。

操のこれからの立場。

確かに、痛いほどわかった。わかってしまった……。

「おまえはもう、俺のものだ。勝手に死ぬことさえも、許さない」

きつく抱擁《ほうよう》されて、操は呆然と目を見開いた。

## 2

講義が終わり、教師が講義室を出ていくのと入れ違いに、廊下から屈強な男が二人入ってくる。

一人、一番後ろの席に他の学生から離れるように座っていた操は、無言で立ち上がった。

講義室中の視線を、自分が集めている自覚があるから、操はいつもなるべく目立たない席に座っていた。

この、好奇心と怯えとが混ざった視線にも、もう慣れた。

数少ない、親しかった友人たちからは、心配そうに見つめられている。そのことに操は、安心と後ろめたさを感じていた。

(ごめんね……)

心の底で、友人たちに詫びながら、操は男たちに挟まれるように講義室を出る。

男たちは軌条会の組員であり、敬春に心服している。操は外出する時は必ず、彼らに囲まれた。

この生活が、両親を亡くしてからずっと、続いていた。

もう、一年にもなる。

男たちは、友人たちが操に近づくことさえも許さない。大学では、講義が始まるまで操の傍についていて、講義が終わった途端に、駆け込むように中に入ってくる。

操がヤクザの組関係者だということは、親しいごく一部の友人たちには知られていた。

操の両親が亡くなった事件は大々的に新聞に載ったし、おそらく他の学生も知っているのだろう。

操に護衛が付くようになった理由はわからないにしても、おぼろげながらそこに危険な匂いは感じているはずだ。

操に視線を投げかけてきても、誰も話しかけはしない。

そして操自身、周りに人を寄せ付けないようにしていた。気遣わしげな眼差しを投げかけてくる、友人達を無視するのもそのためだ。

今、操は何一つ、自分の自由になるものはない。

体さえも。

男たちに前後を挟まれた操は、大きな黒塗りの車に乗り込む。大学への通学は、この車を使ってしていた。窓には防弾ガラスがはめ込まれており、見てくれだけではなく、セキュリティを重視した車だった。

車の中にはドライバーが別にいて、操は後部座席で左右を護衛に挟まれるように座る。少し窮屈だが、彼らは片時も操と離れようとしなかった。

操は、彼らと会話をすることはない。名前だって、知ろうともしていなかった。

車中は重苦しく沈黙しきったまま、軌条会の本邸に戻る。

そして操は、本邸の中でも一番奥まった場所にある、離れへと連れて行かれた。

軌条会の本邸の奥は、回廊になっている。離れは、その回廊が取り囲む中庭の中にあった。本格的な日本庭園の中にある、数寄屋造《すきやづく》りの離れは、小さいながらも手の込んだ造りをしていた。

その玄関の前に立つと、自然に溜息が零れてしまう。

一年前、両親が亡くなった直後から、操は軌条会に軟禁された。

そして、葬儀の後からは、敬春の所有物として扱われていた。

一週間ほどは、敬春の本邸の部屋に監禁されていた。衣服さえ与えられず、手にも足にも枷《かせ》を付けられて、繋《つな》がれる屈辱的な生活だった。縛めが解かれるのは敬春に抱かれる時だけ。いっそ、心が壊れてしまえば楽だったかもしれないが、操はそうならなかった。

そんな生活が続いた後に、いきなり着物を羽織らされて、操は敬春に抱き上げられたまま、この離れに移った。

敬春に抱きかかえられて玄関を入った途端、外から聞こえてきた鍵《かぎ》の音に、操は愕然としたものだ。

離れは、外からも鍵がかかるようになっていた。

しかも、内側からでも、鍵がないと開かない。

そして、その鍵は敬春が持っている。

操は自由に、この建物から出ることすらできない。

操が重い足取りで離れに入ると、いつも通り鍵の音が聞こえてきた。

離れは二間ほどあり、一部屋は居間、もう一部屋は寝室だった。

風呂やトイレ、水回りも一通り揃《そろ》っているから、本邸に行くことなく、生活できる。

ここが、操の暮らす場所だ。

この世で唯一の居場所だった。

(いつまで、こんな生活が続くんだろう……)

操は、うつろに窓を見上げた。

窓には鍵がついていない。開くことのない、はめ殺しの窓だ。

美しい庭は見えるが、操はそこに降りていくことさえできないのだった。

この離れにはテレビもラジオもなかった。パソコンはあるが、今時インターネットにも繋がっていない。

本は、敬春がチェックしたものだけ、操に渡されていた。新聞も同じだ。

操は、完全に外の世界の情報から遮断されていた。

操の今の立場は、敬春の囲われ者だ。しかし、それにしても、どうしてここまで極端に、操を縛りつけようとするのだろうか。

大学院の一年生になった敬春は、今年から、軌条会の系列のサラ金会社の学生社長になった。多忙なようだが、それでも操をこの離れに閉じ込めた頃と同じように、操の生活を管理することには余念がなかった。

敬春の執着が怖くなる。

だからこそ操は、自分から進んで、友人たちと距離を置いたのだった。

操が誰かと親しくすることで、敬春の怒りの矛先が向いてしまうのが怖かった。

「今日は、いつ帰ってくるんだろう……」

操は、部屋の置き時計で時間を確認する。

敬春の帰宅時間はまちまちだが、操はそれまでずっと、この離れで一人で過ごさなくてはいけない。

食事は、敬春と一緒でなければとることができなかった。二人一緒に食事をしている間に、寝室や風呂の用意を世話係の組員たちがするからだ。

おそらく、食事や身の回りの世話の隙をついて、操が逃げ出さないか警戒しているのだと思うが、敬春のやり方は徹底していた。

この離れは、とても手が込んだ、上質の造りをしている。

そして、操の身辺の世話をさせる組員も、敬春は腹心しか使わなかった。

敬春はかつて、操のためになら黄金の檻さえも作ると言っていた。

まさにこの離れは、黄金の檻なのかもしれない。

操はここに囚われて、とても逃げることなんてできないように思えた。

ずっとこのままでいるのだろうか……。

考えるだけで、ぞっとする。

操は、軽く身震いをした。


敬春が離れに顔を見せた頃には、八時を過ぎていた。

操は時間をもてあまして、既に風呂を自分で沸かして湯を浴び、浴衣《ゆかた》に着替えていた。

「帰った」

スーツ姿の敬春は部屋に入ってくるなり、文机で本を読んでいた操の顎を摘み、上を向かせて口唇を求めてきた。

「……っ」

強引に口唇を奪われて、操は悔しげに表情を歪める。

敬春は操には言葉を期待することはなくて、ひたすら体だけを求めてきた。

それは一年経っても変わることはない。

早く飽きればいいのにと、操は心の中で思う。

「大学は楽しかったか？」

「楽しくありません」

口唇が離れた後に、たいてい敬春は操の一日を聞きたがる。

けれども、護衛につきまとわれている操に、楽しい一日なんて過ごせるはずがない。

「……ああ、そうだな」

敬春は、皮肉っぽく笑う。

「そういう顔をしている」

わかっているなら、聞かなければいい。

操は顔を背ける。

「何か、欲しいものは？」

スーツの上着を脱ぎ、ネクタイを緩めた敬春は、操の傍《かたわ》らにあぐらを掻いた。

これも、毎日のように尋ねられるのだが、こんな軟禁生活の中で、どうして欲しいものなんてあるものか。

「ありません」

答えた後に、ふと操は思い出す。

「……でも、授業で使う資料で、欲しいものが……」

「リストを書き出しておけ。問題がなければ、すぐに用意させる」

「……ありがとうございます」

操は、俯《うつむ》きかげんで礼を言う。

決して操が望んでいることではないにしても、生活費も大学の費用も全て、今は敬春が負担しているのだ。両親を亡くした操を、大学に通わせてくれることは感謝している。

操は文学部の学生だ。

役に立つ学問ではないし、辞めてしまえと言われるかと思ったのだが、敬春は意外にあっさりと、操を大学に通わせることは了承してくれた。

もっともそれは、操が敬春のもとに引き取られて、一カ月以上経った後だったのだが。

護衛付きとはいえ、ずっと閉じこめられたまま、敬春のセックスの相手をするだけの生活よりも、大学で好きな勉強をできるというだけで、全然、操の気分は違う。

何を警戒しているのか、敬春は図書館にさえ操を自由に行かせてくれない。敬春の許可を得ないと、本一冊も読めない身の上ではあったけれども、好きな本を読んでいる間だけが、今の操の心の慰めだった。

それに、敬春は操が必要だといえば、どんな貴重な文献、どんな稀少本でも手に入れてくれる。

それこそ図書館に行けば、わざわざ買わなくても手に入るのにと操は思うけれども、敬春に与えられた本は、どれも大切にとってある。

いくら敬春のことが憎いとはいえ、本に罪はないからだ。

「……それにしても、おまえは本当に欲がないな」

顔をそらしている操の頬を撫《な》でながら、敬春はしみじみ呟く。

「おまえは、望めばどんなものでも手に入る立場なんだぞ？　この俺の女なんだからな」

「……どんなものでも……？」

嘘つき。

操は、きつい眼差しで敬春を睨みつけた。

「なら、俺を外に出してください」

その言葉に、敬春の表情は変わる。

彼を怒らせたことには気づいたが、操は黙らなかった。

「一日だけでいいから、護衛なしで外に行きたい」

「駄目だ」

「どうして……？」

「駄目だといったら、駄目だ」

「いまさら、逃げたりしません」

「とにかく、駄目だ。聞き分けろ」

「こんな生活続けたら、どうにかなる。四六時中、誰かに見張られている生活なんて……！」

言っているうちに、感情が高ぶってきた。

操は、頬を上気させて訴える。

「このままじゃ、本当におかしくなるよ！」

「……おかしくなってもいい」

敬春は、きつく操を抱き寄せた。

「おかしくなっても、俺はこうしておまえの傍にいる」

「……！」

操は、大きく目を瞠《みは》った。

「気が狂ったくらいで、俺から逃げられると思うなよ」

「どう……して…………」

畳の上に押し倒されながら、操は小さく呟いた。

いつもながら、彼の執着心には狂気すら感じる。

操が軟禁生活でおかしくなるよりも前に、敬春のほうがおかしくなっているのかもしれない。

けれども、どうして？

なぜ敬春は、ここまで操を閉じこめておこうとするのか……。

逃げないという操の言葉に、嘘はない。

今ここを離れてもどうしようもないし、両親が殺された理由を知りたければ、敬春の傍にいるのが一番のような気がする。

操が気にかかっているのは、組が殲滅《せんめつ》された時に、なぜか軌条会の組員たちが柚木の家に来ていたことだ。

父親が応援を頼んでいたのかもしれない。それにしても、血まみれで倒れていた男たちの中に、軌条会の組員が一人もいないようだったのは、ずっと心に引っかかっていた。

軌条会は柚木組の上部組織だ。

(だから、ありえないと思っていたけれども……)

不穏な疑惑が、操の胸の中でくすぶり続けていた。

操がここから逃げない理由の一つには、その心の引っかかりを解きたいという願いもあった。

もしかしたら、柚木組を殲滅し、両親を殺したのは軌条会の人間なのかという疑問を。

「おまえは、俺の傍にいればいい。どんなことでもしてやるから。……ここから、出す以外は」

操に口づけを繰り返しながら、敬春は呟く。

操は黙ったまま、天井を見上げていた。

何を与えられたって、自由になれない体なのだから、意味がない。

操が反応しようとしないのが苛立たしいのか、敬春は低く舌打ちした。

「何が不満だ！」

畳に拳を振り下ろし、敬春は詰問する。

「……何が、って」

売り言葉に買い言葉だ。

操は、敬春をきつく睨みつけた。

「何もかもです！」

操は、顔を背ける。

「こんなところに閉じ込められて、女じゃないのに、女扱いされて……っ」

踏みにじられているのは、体だけではない。

操の心もだ。

「女じゃない、か」

機嫌を損ねている時の、低いトーンで敬春は嗤う。

「こんな体で、よく言う」

敬春は、操の浴衣の前を開けた。

「何をするんですか！」

操は、声を裏返らせる。

「久しぶりに、自分の体がどうなったか、見るといい」

敬春は操を引きずるように、大きな姿見《すがたみ》の前に連れて行った。

「やめてください！」

操は悲鳴を上げるが、敬春はやめない。

姿見の前で操を羽交《はが》い締《じ》めにするように立たせる。

「よく見ろよ」

敬春の低い声が、操の耳元をくすぐった。

操の浴衣の襟元は、敬春の手によってはだけていく。

胸の辺りまで落ちてしまい、色づいた突起が鏡に映った。

「いい色だ。触れば触るほど、赤くなる」

敬春の指が、操の両方の乳首を摘み上げる。

「それに、この一年で、ずいぶん大きくなったと思わないか？　毎日、可愛がってやっているからだろうな」

操は頬を染め、俯いた。

乳首は、敬春の手によって開発されてしまった性感帯だ。

彼の言葉どおり、大きく色づいてしまっている。

「おまえも、ここを弄られるのが好きだろう？」

「あ……っ」

言葉とともに乳首の先端をきゅうっと摘み上げられて、操は思わず息を零した。

引っ張られ、先端だけを粘土細工のようにこねくりまわされると、そこから痺れるような感覚が全身に伝わっていってしまう。

「また少し、色味がついたな」

「……やめ……っ」

「硬くなってきた。相変わらず、感度がいいな」

「ああっ」

尖った右乳首の先端を押しつぶすように、爪を立てられ、操は小さく声を上げた。

「赤いな……」

爪の痕がついてしまった乳首を、敬春の人差し指が撫でる。そっと、痛みを和《やわ》らげるような仕草に、操は背中を震わせた。

「……いや……っ」

痛みよりも快感のほうが辛いことがあるのだと、操は敬春に抱かれるようになってから知った。

痛みなら耐えられる。

けれども快感には、耐えられない。

どうして、快楽への感受性が強い場所はわかりやすいのかと操は恨めしく思う。

この乳首もそうだが、今は浴衣に隠れている性器も、快楽で責め立てられると、あっけなく降伏してしまう場所だった。

（どうしよう……）

操は、口唇を噛む。

浴衣の下の性器は、乳首を弄られただけで勃起しはじめていた。

胸だけで感じてしまう、淫らな体。

本当に自分が女になった気がして、操は泣きたくなった。

けれども、泣かない。

体の変化を、敬春に悟られたくなかった。

もし乳首を弄られただけで性器を硬くしたことを知られてしまったら、何を言われるかわかったものではない。

操は、性器の快感をなんとか堪《こら》えようと、下腹に力を入れた。

「……右だけ真っ赤だな。左も、同じ色にしようか」

「あぁ……っ」

操は、甘い叫び声を上げる。

敬春が、左の乳首へもきつい刺激を与えたのだ。

「両方とも、いい色に染まった」

操の首筋に舌を這わせながら、敬春は呟く。

「おまえも、気に入っただろう?」

「……っ、誰が……」

操は、呻くように呟いた。

「どうかな?」

痛みを与えた後は、必ず敬春の指の動きは優しくなる。

尖りきった乳首の先端をそっと転がしながら、敬春は小さく嗤った。

「濡れているじゃないか。浴衣に、内側から染みがついている」

「……っ」

操は息を呑む。

敬春の指摘どおり、操の勃起した性器の先端は、浴衣に当たってしまっていた。

先走りの体液が溢れ出したらしく、白い布地が透けかけている。

変色してしまった性器にべったりと布地がつき、卑猥《ひわい》な色がうっすらと見えるようだった。

「いや……!」

操は身を捩り、敬春の腕から逃れようとする。

ところが、体格が一回り違うせいで、それは甲斐のない抵抗に終わってしまった。

「俺からは逃れられないと、言っているだろう?」

子どもを相手にしているかのように、敬春は嚙んで含めるような物言いになった。

「このまま、胸を弄っただけで、おまえは射精できるだろうな。やってみろよ」

「やだ、離せ…………っ」

鏡の前で、こんな真似をされたくない。

操は目を瞑《つむ》っていれば自分の淫乱さを直視せずに済むが、敬春は操の淫らな肢体を眺《なが》めて楽しんでいるのだ。

こんなことは耐え難い。

もう、許してほしかった。

それに、乳首への長引く愛撫は、感じやすい操の体にとっては既に苦しみになっていた。

性器への直接的な快楽の激しさとは別種の、じわじわと嬲られるような淡い快感が体を捕らえていく。

こうやって焦らされるように追いつめられていくのは、操は苦手だった。

「……浴衣の合わせから、見えてきたぞ」

内緒事でも打ち明けるかのように、敬春は声を潜めた。

「おまえのペニス……。ああ、もうどろどろだな」

「……っ」

羞恥のあまり、操は目を瞑る。

けれども、見なくたって、自分の性器がどれほどはしたない状態になっているのかは容易に想像がついた。

今、操の性器は完全に勃起して、浴衣の合わせから外に顔を出している状態のはずだ。

幹の部分を布地がくすぐる、その感触さえ快感になり、耐え難い苦痛に近い辱めを操に味わわせていた。

「見ろよ。いい眺めだ」

「やだ……っ」

操は抵抗するかのように、激しく頭を振る。

「聞き分けがないな」

敬春は、操の耳たぶに噛みついてきた。

濡れたそこに息を吹きかけられると、ぞくっとする。

「言うことが聞けないなら、罰を与えなくては」

「……っ」

操は息を呑んだ。

罰を与えるという時には、たいていろくでもないことをやらされる。

道具を挿入されたまま大学に行かされたり、護衛のいる前で抱かれたり……。どれも、ごめんだった。

「……も……やだ…、するなら、せめて普通に……」

操は、切れ切れに呟いた。

こんなふうに、辱められるように抱かれたくない。

どうしても彼の性的な欲望を満たさなくてはいけないというのなら、せめて普通に抱き合いたかった。

「おまえが、いつまで経っても自覚を持たないのが悪い」

敬春は操の乳首を両方とも指で擦りつぶすように苛めながら、首筋に口づけてきた。噛みつかれたり、舌を這わされたりと、敏感なところへの強烈な刺激を与えられる。

「おまえは、俺のものだ。この体は、俺に愛されるためだけにある」

「……嘘つき……っ」

操の頬を、涙の雫が伝う。

「こんなの、違う……の…に……」

愛されているなんて、ちっとも思えない。

ただ辱められ、嬲り者にされているだけだ。

「おまえはこうでもしないと、俺のものだということを忘れるだろう？」

「……っ…ふ……」

硬くなった乳首への刺激は強烈だ。

操の下肢からは、力が抜けていってしまう。

内股が、がくがくと震えだしていた。

「……い……や…………っ」

このままだと、本当に達してしまう。

こんな不本意な状態で。

「……絶対に、俺の傍から逃げ出すことは許さない」

「ああっ」

一際きつく乳首を刺激され、操は思わず声を上げた。

がくりと、操はその場に崩れそうになる。

とうとう、射精してしまった。

悔しさのあまり、涙が零れる。

力が抜けた操の体を、敬春は力強く、後ろから支えた。

「よく見てみろよ」

敬春は操の顎を押えると、操を鏡と無理矢理向かい合わせた。

「……っ」

操は息を呑む。

鏡に映っていたのは、淫らな遊戯に耽《ふけ》り、溺れて、これ以上もなく感じきった顔をしている男だ。

涙で濡れて上気した白い頬も、閉じられなくなって、端から唾液が零れている口唇も、あさましくてはしたなくて、どうしようもないほどの痴態だ。

「……っ」

涙が止まらなくなる。

操はしおれたように俯いて、声を押し殺すように泣きじゃくりはじめた。

「……おまえが、いつまで経っても、聞き分けがないからだぞ……」

敬春は手探りで、操の頬に触れる。

涙を拭《ふ》こうとでもしているのだろうか？

操は小さな子どものように、頭を横に振った。

触れてほしくない。

涙を拭うなんて、見せかけの優しさを示すような行為で、操の心を宥《なだ》めようとしてほしくなかった。

「おまえは、いったいどうすれば満足するんだ？　なんでもしてやると言っているだろうが」

「……だから、外に出してほしいって……」

操は、涙を啜り上げる。

「誰かにずっと見張られて、気が休まることもなくて……。窒息しそうだ……」

「この離れにいる時は、一人だろう？」

「外に出たい……」

積もりに積もったものを吐《は》き出すように、操は呟いた。

こんなことを敬春に言うのは、初めてかもしれない。

軟禁されて、一年が経った。

そろそろ、追いつめられた精神的状態が、耐えられなくなっているのだろうか。

敬春になんか吐き出したくなかった弱気が、ぼろぼろと零れてくる。

「操……」

敬春は、思いがけず、彼にしては優しい口調で操の名前を呼んだ。

「他の望みなら、なんでも叶えてやる。それでは駄目なのか？」

操は、小さく頷《うなず》いた。

「どうしておまえは、叶えられないことを望むんだ」

苛立ってはいるようだが、敬春は乱暴なことをしようとはしなかった。

操を畳の上に組み敷くと、シャツのボタンを外しながら上にのしかかってくる。

「おまえはこれから一生、俺の女として暮らすんだ。これは決定事項で、もう変えられない。聞き分けろ」

「……俺は、こんなの望んでいません……」

聞き分けがないのは、敬春のほうだ。

操は涙に濡れた瞳で、敬春を睨む。

「くそっ」

敬春は舌打ちをすると、操の口唇にむしゃぶりついてきた。

「……っ…う…………」

キスは荒々しい。

操の口腔を蹂躙《じゅうりん》する肉厚の舌は熱っぽかった。

「……ん……」

どれくらいキスをしていたのかわからないが、操の涙は止まっていた。

「……泣いても綺麗な顔だな」

敬春は操の顔を覗《のぞ》きこむと、濡れた頬に舌を這わせはじめる。

「そそられる……」

操の乱れた髪を指で掻き混ぜながら、敬春は操の顔中にキスをはじめた。

敬春の中を吹き荒れていた欲望は、少し収まったらしい。

操が、この一年間、なんとか耐えてきたのは、敬春のセックスが乱暴なばかりではなくて、たまに怖くなるくらい優しかったからかもしれない。

組み敷かれて、自尊心を傷つけられるのは変わらないにしても、毎日のように暴行まがいのセックスを強いられるのとでは、だいぶん心の傷の深さは違う。

とはいえ、敬春の望むように大人しく彼を受け入れるのも癪《しゃく》で、よく操は敬春を怒らせていた。

その結果、辱められてしまうにしても、素直にはなれない。

操は、不器用なのだろう。

しかし、不器用といえば敬春もだ。

彼の言葉がもう少し優しかったり、操を気遣ってくれるものであれば、操の彼への態度も変わるかもしれない。

聡明な敬春なら、そんなことくらいわかるだろうに、彼は操の神経を逆撫でするような台詞ばかり吐くのだ。

もしも敬春が、もう少しだけ操の自尊心を踏みにじらない態度をとってくれるのであれば、操は敬春の望む、大人しい愛人になるのは無理にしても、少しくらいは彼の言葉に優しく答えることはできるかもしれないのだが。

「……あ……っ」

敬春の手が、再び操の下肢をまさぐりだした。

操は、ぴくっと背をしならせる。

敬春の指は操の小さな後孔へと、優しく滑り込んでくる。

先ほどの荒々しさと打ってかわって、操の快感を確かめながら、そっと中に入ってこようとする。

こうして操を優しく抱く時の彼には、年上らしい包容力を感じた。三つしか年の差はないのだが、幼い頃からよく見知った、年より大人びたヤクザの跡取りの姿がそこにある。

それに引き替え、先ほどのように操を辱めている時の彼には、子どもの癇癪《かんしゃく》めいたものを感じるから不思議だ。

ヤクザの跡取りらしく、どっしりと構えているかと思えば、やたらとむきになって操を辱めたりもする。

操から見ると、敬春はとても気分屋だ。

どちらにせよ、操は最終的に、彼を受け入れさせられてしまうのだが……。

「……ん……」

一度は達した体を、またじわりと熱が包みだした。

敬春は左の腕で操の背中を支え、右の指を尻から後孔へ潜《もぐ》り込ませる。

敬春のたくましい胸に体を密着させるような体勢で、操は何度も口づけられ、後孔を柔らかに解されていった。

「……っ…あ…………」

指の動きが、襞を通して伝わってくる。

操は膝を立て、足の間に敬春の体を挟み込む。

性器が敬春の下腹と擦れ合い、ますます膨れ上がっていった。

「……っ…う……」

声が漏れるのが、抑えられない。

淫らな溜息が敬春の男の部分をくすぐるのは悔しいのだが、生理的な現象だ。溺れているからでも、まして愛なんかではないと、操は心の中で呟いてみせた。

体の反応だけで、気持ちは伴わない。

決して、求めているわけではない……。

「……っ…あ……!」

操の心の中に潜む不遜《ふそん》さを咎《とが》めるように、敬春の指が性急に動いた。

男が体内に持つ性感帯、前立腺をきつく刺激されてしまう。

「……っ…ふ……ん……」

下腹が、痙攣《けいれん》する。

内側への刺激がこれほどまでの快楽をもたらすとは、敬春に抱かれるようになるまで、操は気づきもしなかった。

「食いついてきたな」

敬春が、満足そうな笑い声を立てた。

その淫靡《いんび》な指摘に、操は頬を染める。

後孔で敬春の指に食いついてしまうのは、快楽を与えられたことへの生理的な反応でしかないけれども、まるで彼を求めているかのように取られるのは心外だった。

操は、ぷいっと顔を背ける。

反らした首筋に、敬春は顔を埋めてきた。

皮膚に食らいつくような口づけが、降ってくる。

「……っ…う……」

肌の感覚が鋭敏になり、操は追いつめられていく。

感じている……。

口唇を引き結んだ操の強情を責めるかのように、敬春は中で指を曲げた。

「……っ…う……！」

くっと折り曲げられたところで、強く前立腺を擦られて、操は耐えかねたかのように敬春の肩を摑んだ。

「イイのか？」

尋ねられて、操は頭を横に振る。

「本当に？」

ふっくらと腫《は》れたような前立腺への刺激が、激しくなる。

「……ん…あ……っ」

「俺の腹を濡らしているぞ？」

勃起した性器の先端から、透明の雫が溢れ出したことを揶揄《やゆ》され、操は口唇を嚙み締めた。

射精感が染み出るような、後孔での快感は堪えようもなく、長引き、操を乱れさせる。

「おまえのここは、すっかり俺のものになったんだよな？」

まるで夢見ているかのような口調で、敬春は呟く。

操は口唇を嚙み締める。返事をしたくもない。

操の後孔を馴らしたのは、確かに敬春だ。

最初は手ひどい陵辱を加えてきたくせに、その後、少しずつ快感を教え込まれた。

乳首と同じように、敬春のせいで女と同じように性感帯にさせられてしまった場所だった。

「……っ、も………」

悔しいけれども、この焦れったい快感から操を解放してくれるのは、敬春しかいない。

操は、涙の滲んだ瞳で、敬春を睨みつけた。

「早く……挿れてしまえばいいでしょう？」

敬春の黒い瞳は、じっと操を見据えている。

「……もう……俺は……っ」

「……たまには、素直に欲しがってほしいものだな」

どことなく残念そうに呟いた敬春は、操の腰を抱えこむ。そして、汗ばんだ操の額に、何度も口づけた。

「力を抜いていろ」

「ん……」

操の細い喉が鳴る。

「……っ……ふ……」

敬春のものを挿入される瞬間、操はいつも緊張していた。

敬春の性器は大きくて、同性でありながら、操はそれに触れさせられるたびに怯んでしまう。奥を何度穿たれても、その圧倒的な存在感への怯えは克服できないでいた。

「……ったく……きついな……」

操の喉をくすぐるように、敬春の舌が顎から喉へかけて動く。そのぬるりとした感触に体を震えさせた拍子に、体内へ敬春が入りこんできた。

「あ……っ」

下から突き上げられて、操は敬春の肩に爪を立てた。

ずんという鈍い衝撃とともに、男の性器を受け入れる。

頭がくらくらした。

「もう少し、緩めろ」

「無理……っ」

熱い息を交わしながら、小さく呟き合う。

まるで、敬春と馴れ合ってしまったような気分になった。

セックスの最中だけ、共犯者めいている。

操が冷静であれば、そんな自分に対して臍《ほぞ》を噛むだろうが、今は快感で頭がいっぱいになっていた。

自分たちがどれだけ息を合わせて、快感を追おうとしているのかなんて、考えられない。

「あ……っ」

操は喉を震わせた。

感じやすい場所を敬春の性器で割り開かれ、操自身の性器は敬春の下腹で擦れてしまっている。

二カ所から快感を与えられ、口唇を盛んに吸い上げられているうちに、我慢できなくなってしまった。

「いく……」

快楽を解き放つ時、言葉を呟くのは敬春に教え込まれたことで、正気ならば絶対に従わないだろうが、快楽に喘いでいる時には反発心も湧《わ》かない。

「……操……っ」

一際きつく抱き締められたかと思うと、体内で敬春が弾ける。

操はぐったりと力が抜ける体を敬春に任せながら、解放感に浸っていた。


夕食の膳《ぜん》が運ばれてきた時には、既に午後十時が過ぎてしまっていた。

乱れた室内の様子も気に留めずに、身の回りの世話を黙々とする組員たちの姿を見たくもなくて、操は視線を落として、居間の隅に座っている。

敬春はすっかりシャツを着崩して、操の隣であぐらを掻いていた。

操は浴衣の帯《おび》は結び直したものの、しどけない風情《ふぜい》は隠しきれていないだろう。

夕食の膳を運ぶように指示する内線電話を入れるのも遅れたし、敬春が帰宅早々、操を抱いていたことは、誰もが察するだろう。

性的なことを他人の前で赤裸々《せきらら》にしなくてはいけないのも、操の苦痛の原因の一つだった。

快楽の熱に溺れている間は我を忘れることはできても、ふと素に戻れば、敬春の思いのままに乱れてしまった自分の体が、嫌で嫌で仕方がなくなる。

快楽よりも、痛みのほうがマシ。

でも、辱められるよりは、優しく抱き締められるほうがほっとする……。

矛盾だらけだ。

「温《あたた》かいうちに、食事にしよう」

　敬春が、操の肩に触れてくる。

　気が付けば膳の用意はされており、身の回りの世話を担当している組員たちは、隣の寝室に移っているようだった。

「おまえは、肉より魚のほうが好きだったな？　何か他に好きなものがあれば、言えばいい。白身か赤身か……青魚か、どれが好きなんだ？」

　箸《はし》を手にとりながら、敬春が言う。

「……好きなものばかり用意したのだから、残さず食べるといい」

　操が膳を覗きこむと、確かに今日は魚尽くしだ。煮物、和《あ》え物《もの》、そして刺身。

　敬春は肉料理が好きなようだし、これは操のための献立《こんだて》なのだろう。

　敬春は、操に促してくる。

「痩せたな。骨張って、抱き心地が悪くなった」

　操は無言で、箸を持った。

　確かに、長い軟禁生活のせいか、操の食は細い。

　あまり、食べる気にはならなかった。

　その上、ここのところ、ますます食事量が減っていた自覚はある。

両親の命日が近づいていて、ナーバスになっているからなのかもしれない。

夜の夢の中でも、最近はよく一年前のあの日のことを思い出す。

ああ、だから余計に、この生活が我慢の限界になっているのか……。

先ほど、久し振りに敬春に向かって癇癪を起こしてしまったきっかけを、操はようやく自覚した。

この生活の発端になった、両親の死を強く思い出すようになったからだ。

「……おまえの両親の一周忌だが」

無理やり箸を動かしはじめた操を見て、なぜか安心したかのように息をついた敬春は、穏《おだ》やかな口調で切り出してきた。

せっかく刺身を摘みかけていた操だが、その言葉でぴたりと箸を止めてしまう。

「俺が、おまえの名代として執《と》り行う」

「な……っ」

操は、頬を紅潮させる。

「どうしてですか！」

「おかしくはないだろう？　柚木組の後継者であるおまえが、俺の預かりになっているのだから。対外的にも、不自然じゃない」

「……また、俺を出さないつもり？」

今まで、四十九日にも百箇日にも出してもらえなかったことを思いだしながら、操は剣呑な表情になる。

両親を弔いたいという気持ちまで、敬春の監視のもとでしか表すことができないのかと思うと、腹立たしい。

「どうしてもということなら、対外的な法要が終わった後に、ここに位牌《いはい》を運んで、坊主《ぼうず》を呼んでやる。我慢しろ」

「でも……っ」

「操」

敬春は、厳しい表情になった。

操に対して、この件では一歩も譲るつもりはないようだ。

「……全く、おまえは俺に抱かれている時が、一番聞き分けがいいな」

隣の部屋にはまだ、身の回りの世話をする男たちが残っている。

それがわかっていながら、敬春は操に手を伸ばしてきた。

「もう一度……してやろうか？」

「やめてください！」

操は、咄嗟に敬春の手を払う。

いくら、操が敬春の性的な相手をしているということが公然の事実でも、その場面を聞かれてしまうのはごめんだ。

初めて敬春に抱かれた時の屈辱を思いだす。

汚された体を、たくさんの男たちの前に晒してしまった時の怒りと哀しみは、思い出すだけで、今でも目の前が真っ暗になりそうだった。

「……とにかく、諦めるんだ。決して、おまえの両親や組員たちのための法要を、疎《おろそ》かにしないと約束する」

敬春は、案外あっさり手を引っ込めて、食事の続きを始めた。

けれども操は食欲をなくし、箸を置いてしまった。

食べ物には罪がないし、こんなに美味しそうなのに、残すなんてもったいないと思う。

けれども……。

「食べないのか？」

操が箸置きに箸を戻し、手を膝の上に置いてしまったことに気づいて、敬春が声をかけてきた。

「ごちそうさまでした」

操は、小声で呟く。

「手をつけていないじゃないか」

「……食べる気にならないから」

こんな状況で、食欲が湧くはずもない。

操は俯いてしまった。

「いりません、もう何も」

敬春から与えられるもので欲しいのは、自由だけだ。

「操」

敬春の声は、叱りつけるような調子を帯びる。

彼もまた箸を置くと、正座したままの操の傍らに寄ってきて、強引に抱き締めてきた。

「敬春さん……！」

操は抗議の声を上げる。

人の目と耳を気にしながら抱かれるなんていう惨めな真似、もう絶対に嫌だ。

「おまえが悪い」

敬春は不満そうに呟くと、操の体を押さえこみ、刺身を口唇に強引に近づけてきた。

「ほら、食べろ」

操は、いやいやする子供のように頭を振る。

「……もう、嫌なんです……」

呟いた声は、掠れてしまっていた。

「ここのところ、大人しいと思ったら、また聞き分けが悪くなったな。どうしてだ？」

敬春は、刺身を皿に戻した。

「……一年経ったんだと、思って……」

一年、敬春に従った。そして、何も変化はなかった。

この日々が無限に続くと思うと、どうにかなりそうだ。

今までだって、決して喜んで敬春に従っていたわけではない。

好んで囲われる身になったのではない操にとって、束縛され続ける生活は、苦痛でしかなかった。

「……好きなものも喉を通らないほど、俺の傍にいるのが嫌か？」

真摯《しんし》な声で、敬春が尋ねてくる。

嫌に決まっている。

そう、答えてしまいたかった。

でも、開きかけた口唇は、凍ってしまう。

敬春の目を見てしまったからだ。

敬春の目は真っ黒で、力強い。意志の強さを秘めた眼差しだ。

ところが今、その瞳が愁いを帯び、どことなく訴えかけるように操を見ている。

いったい、どうしたんだろう？

(何が言いたいの？)

ありえないことだし、操の勘違いなのだろうが、今、敬春はとても弱っているように見えた。

その表情を見てしまうと、操の舌も鈍る。

「食事が喉を通らないというなら、粥《かゆ》でも炊かせようか。それとも、何か食べたいものがあるのなら、言うといい」

操を抱き締めたまま、手があやすように髪を撫でてきた。

荒々しく操を奪い、踏みにじるように辱めたくせに、彼はどうしてこんなふうに触れてくるのだろうか。

操は、ひっそりと拳を握った。

時折与えられるこの優しさがあるから、操はこの一年、情緒不安定になりながらも、完全に気が触れたりはしなかったのだと思う。

けれども今、この優しさが憎い。

操の牙を抜く、この温《ぬく》もりが。

操はこれから、敬春に愛されるだけの存在になればいいのだと、一年前に言われたことを思いだした。

愛されているなんて、とても思えないが、操も寂しいし、心細いのかもしれない。与えられる温もりを無下《むげ》に突き放せなかった。

そして、完全に敬春を拒みきる強さも持てないのだ。

「……食事、するから」

操は、ぽつりと呟いた。

「あと少しなら食べられるから、放して」

「操……」

敬春は、深い溜息をつくと、操の髪を撫でながら口づけてきた。

そして、ようやく体を放して、自分の食事の続きを始めた。

操は着崩れた浴衣を直してから、きちんと膳について、「いただきます」と小声で呟いた。

冷めてしまった煮物も、温《ぬる》くなってしまった刺身も、物悲しさを誘った。

# 3

敬春に激しく抱かれて、体が気だるくて仕方がない日は、大学に行くとますます憂鬱《ゆううつ》な気分になる。

その日も、操は一人ぼっちで講義を受けていた。

今日は明け方まで敬春が放してくれなくて、全身が鉛《なまり》でも詰め込まれてしまったかのように重苦しかった。

たまに、敬春はこういうことがある。

まるで操を放したら消えてしまうとでも思っているかのように、何度も何度も求めてきて、操が気を失うまで抱き続ける。

昨日は、操の両親の一周忌のせいで揉《も》めてしまったから、操への罰の意味もあったのかもしれないが、それにしては敬春も余裕がない感じだった。

操は黒板を眺めて、溜息をつく。

今は源氏物語《げんじものがたり》を題材にした講義で、操も楽しみにしているものの一つなのだが、どうしても身が入らない。

講師がプリントを配りだした。

前から紙が回ってくるようだったので、操は少し腰を浮かす。

操は他の学生と、机二つ分ほど空けて座っているので、座ったままではやりとりできないのだ。

前の席にいた学生から手渡しでプリントを受け取った操は、目を見開いた。

……あれ？

渡されたプリントに、何か字が書かれている。

『憂鬱そうだね、大丈夫？　待田《まちだ》』

たった一言だが、操は息が止まるかと思った。

驚いて顔を上げると、前の席に座っている学生が振り向いて、ちょっとだけ笑う。

こんな形とはいえ、声をかけてもらえるなんて……。

(俺自身が、「誰にも話しかけないで」って顔をしてるのに)

胸がじんと温まるが、廊下から操を監視している護衛に、彼のことを知られたらまずい。

操は落ち着いた動作で席に戻り、俯いた。

涙腺が、緩みそうになっていた。

その待田という学生と操は、一年前でもそんなに交流があったわけではない。操が両親を亡くしたのは大学に入ってすぐのことで、同期と打ち解けるどころか、名前すらもまともに覚えていなかった。

操の通う大学は、下からの持ち上がりも一部いるのだが、待田はおそらく、その中の一人だろう。内部進学組の学生と、よく一緒につるんでいる。

操は外部受験組だから、彼らとは縁《えん》がなかった。

『ずっと一人だから、気にしていたんだよ』

『俺に話しかけないで』

『手紙は駄目?』

『手紙なら、いいけど……。でも、誰にも知られないように』

講義の間、待田は操に何度も手紙を回してきた。

一言だけの文面。

絶対に返事をしたらまずい、同期と親しくなったりしたら敬春を怒らせそうだと、操は警戒していた。

けれども、いくつものハードルがあるのに、それを乗り越えて話しかけてもらえたのが嬉しくて、自分を抑えることができなかった。
操は気づかなかったのだが、待田は取っている講義がかなり操と重なっているようだ。
廊下の護衛の隙をついて、いろいろ言葉をかけてきてくれた。
『暗い顔してるから、気になってたんだ。お節介かもしれないけどさ……』
『そんなことないよ、ありがとう』
ありがとうと書いた時、操の目は潤《うる》んでしまい、涙が落ちそうになった。
『おつきの人、まいて遊びに行かない？　俺、面白い遊び場知っているよ』
『……ごめん、それは無理』
『そっか。じゃあ、またの機会にでも』
最後の手紙の言葉は、操の瞼《まぶた》に焼きついた。
『逃げたいなら、手伝うよ』

逃げたいなら手伝う――その言葉に、操の胸は高鳴った。

今まで、誰かが操を助けてくれるなんてこと、考えたこともなかった。

(誰かに頼ることなんて、迷惑になるし……)

『またの機会』なんて、あるかどうかわからない。

けれども操は、はっきりと彼を拒絶することができなかった。

迷惑はかけられないから、彼の存在は敬春には隠し通す。

けれども、繋がりを失いたくない……。

操はとても寂しくて、人との交流に飢えていたのだろう。

待田からの手紙を、護衛に知られないように捨ててしまうのも惜しんだ。

本当は、宝物みたいにずっと握り締めておきたかった。

操にもまだ、外の世界との繋がりがあるのだという、その証拠のように。


「今日は、機嫌がいいようだな」

夜、操を布団に組み敷きながら、敬春がぽつりと呟いた。

「そう……?」

敬春を見上げた操は、問いかけるように口唇を開く。

「残さず食事もしていた」

綻《ほころ》んだ口唇を掠め取りながら、敬春は操の浴衣の帯を解く。

下着を与えられていない操は、帯を解かれるだけで無防備にも素肌を晒すことになってしまう。

「あ……」

平らな胸へ指を這わされ、操は小さく震えた。

しなやかな指の感触が、乳首を探ろうとしている。その予感だけで、感じてしまう。

「何か、いいことがあったのか？」

操の首筋に何度も口づけしながら、敬春が尋ねてくる。

「いいこと……」

体内に渦巻く甘い熱に身を任せ、操は譫言のように呟いた。

今日、大学で待田に声をかけてもらえたのが、そんなに嬉しかったのだろうか。

操は、恥じらうように睫《まつげ》を伏せた。

自分は本当に孤独だったのだと、しみじみと操は感じる。

確かに、今日はいつもほど憂鬱な気分ではなく、食も進んだ。

それを、敬春も気づいていたのだろう。

「言うんだ。何があった？」

「本当に、何も……」

嬉しいことだから、絶対に敬春には言えない。

操に声をかけてくれた人、逃がしてくれるなんていう人がいるなんてことを。

「……そうか」

敬春は、不満そうだった。

言葉で責め苛《さいな》むかわりに、指の動きが乱暴になる。

「あ……っ」

いきなり後孔に指を突き立てられて、操は体を震えさせた。

「ゆき……はる…さ……っ」

「明日、大学を休め」

その言葉に、操は背筋を冷やす。

まさか、待田のことがばれているのだろうか……？

操の怯えをどう取ったのか、敬春は皮肉っぽく笑う。

「おまえは明日、俺と出かけるんだ」

「でも……」

「いいだろう、たまには」

敬春は、それ以上の反論を許さないとでもいうかのように、操の口唇を塞《ふさ》いだ。

「ん……」

口づけられたまま、体内で指を動かされる。

柔らかな襞への刺激が心地いい。

爪を立てられるとちくりとするのだが、その後には必ず、優しく撫でてもらえる。まるで、痛めつけたフォローをするかのように。

勝手なことばかりして。

操は目を閉じる。

眦《まなじり》に、涙が浮かんだ。

大学さえも自由に行かせてもらえない、友人をつくることさえもできない。

こんな生活、いつまで続くのだろうか。

「逃げ出したいなら手伝うよ」という、待田の手紙の文面が、瞼の裏側に浮かび上がる。

(逃げ出したい……?)

待田を巻きこむわけにはいかない。

危険な願望を押え付けるように、操は入り込んできた敬春の性器の感触に、意識を集中した。

この楔《くさび》に、操は繫ぎ留められている。

決して、それを忘れてはいけない。

翌日、通学時間とほぼ同じくらいに起きて、身支度をさせられた。

操に用意されたのは、綺麗な色をしたスーツだ。

トラディショナルだが、遊び心が隠れたデザインだった。

「これ……？」

「レストランに食事に行くからな」

敬春は、自分もスーツに着替えながら言う。

院生社長である敬春は、いつ会社に行くことになってもいいように、大学院に行く日でもスーツを着ている。

だから、彼のスーツ姿自体は珍しいものではないのだが、今日はいつものようなトラッドなタイプではない。いかにも遊びに向くようなものを着ている。

ホストみたいというほどは軽薄ではなく、威厳と貫禄に満ち溢れているが若々しい。

敬春らしい格好だった。

「結んでやる」

操がのろのろとシャツのボタンをはめおえて、結びなれないネクタイを弄りはじめると、敬春の手が伸びてくる。そして、慣れた手つきで操のネクタイを結んでくれた。

「……これでいい」

敬春は、操のスーツ姿を見て、満足そうに頷いた。

「思ったとおり、おまえは明るい色がよく似合うな」

スーツを選んだのは、敬春のようだ。

前々から、敬春は操がいるともいらないとも言わないのにもかかわらず、大量にものを買ってくる。

服を買ってもらったのも、これが初めてではない。

操は俯いた。

ありがとうと言ったら、敬春は喜ぶのだろうか？

満足して、操をもう少しだけ自由にしてくれるだろうか。

わからない。

黙り込んだ操の肩を抱くと、敬春は外に出た。

すぐに護衛に取り囲まれたので、操は敬春から離れようとする。

けれども、彼はそれを許してくれない。

腰を強く抱き寄せられて、操は観念する。

どこに連れて行かれるのだろう。

ただ一つ言えるのは、操にとっては心弾む外出ではないということだ。

（大学に、行きたいな）

操は、心の中で呟く。

また、待田とやりとりがしたかった。


敬春が操を連れていったのは、銀座《ぎんざ》のギャラリーだった。

まだ少し、こういった類の店が開くのは早い時間だ。

けれども敬春は気にせず、操を連れて階段を上がっていく。

二階にある店の入り口の前には、初老の女性が待っていた。

「いらっしゃいませ、軌条様。お時間ぴったりですわね」

「ああ」

敬春は鷹揚《おうよう》に頷く。

「無理を言ってすまないが、頼む」

「はい」

店主らしい女性は表情を綻ばせると、操に向かって丁寧に頭を下げた。

「それでは、どうぞゆっくりごらんになって。どれも、素晴らしいお品ばかりですよ」

「あ、はい……」

事情がわからないまま頷く操に、敬春は店内を指し示した。

「見てくればいい。これから一時間はおまえの貸し切りだ」

「え……っ」

操は、目を見開く。

「それって、どういうことですか？」

「源氏物語を、勉強しているのだろう？」

「そう、だけど……」

敬春が、操の勉強している内容まで把握していると思っていなかった。

驚きのあまり、操の返事はどうしても鈍くなる。

「源氏物語全巻の絵巻物が、後世のものとはいえ集まる機会は滅多にございませんから……。ゆっくりごらんくださいな」

女性店主がパンフレットを手渡してくれた。

それを見て、操はようやく理解できた。

この店は今、源氏物語全巻の絵巻物の写しを展示しているのだ。説明書きによれば、鎌倉《かまくら》時代に描かれたものらしい。

「ゆっくり見てこい」

敬春は、操の背中を押す。

「敬春さんは？」

「……操は、一人のほうがいいだろう？」

敬春は嫌みを言うわけではなく、どちらかというと気遣うような表情を見せて、操を店の中に送りだした。


花が飾られた店内には、誰もいない。

操一人だ。

「うわ……」

操は目を見開いて、展示品の数々に夢中になった。

好きで選んだ文学部、そして国文学だった。

男らしくない趣味だと亡くなった父親にも言われたのだが、操は昔から本がとても好きで、その中でも古い本が好きだった。

古典特有の言い回しの、なんとなくのんびりしたところに、ユーモアを感じたのかもしれない。

源氏物語は、今講義を取っていることもあり、興味がある分野だ。

こんなふうに、たくさんの絵巻物を見ることができるなんて、嬉しい。

けれども、操はなんとなく、目の前の展示物に熱中できないでいた。

「敬春さん……」

ギャラリーの玄関を振り返り、操はぽつりと名前を呼ぶ。

『一人のほうがいいだろう?』と言った時の敬春の表情が、瞼に焼きついてしまっていた。

操が護衛なしで出歩きたいと言ったことを、彼は気にしているのだろうか?

ふと、操は気づく。

こんなふうにギャラリーを借り切って、店の出入り口で護衛や敬春が待っているものの、出歩く時には四六時中護衛に付き従われている操にとっては、ささやかながら解放感を味わえる外出だ。

操は、その場に立ち竦んだ。

待田に『逃げ出したいのなら』と尋ねられて、操は返事を書けなかった。

それは、このせいだ。

敬春が時折見せる、思いがけない優しさのせいだ。

敬春は決して、恩着せがましいことは言わない。

いつもは『俺の傍にいれば、なんでも望みは叶えてやる』なんていう傲慢なことを言っているくせに、いざ操のために本当に何かをしようとしてくれる時に限っては、敬春は決してそんなことを言わないのだ。

食が細くなった操に、好物を用意しても。

操が探している専門書がとても稀少本で、手に入れるのは困難だったとしても。

そして、一人になりたいと癇癪を起こした操のために、こんな機会をつくったとしても……。

決して、単純に叶えられることばかりではないということは、操にもわかる。

今日のために敬春は大学院も会社も休んだろうし、特別に店内を見せてもらうために、それ相応の代価を払ったことだろう。

そして、今は店の外で、操を待っている。

操を、望みどおり一人にするために。

胸が一杯になった。

決して、敬春に囲われて生きる生活を、受け入れたわけではない。

敬春の独占欲や執着心は恐ろしいと思う。

解放されたいという願いは、消えることはない。

けれども……。

操は、美しいギャラリーをゆっくりと見渡した。

ここに一人でいるのは、とても寂しいような気がした。

操は、一歩足を踏み出した。

敬春の待つ、玄関に向かって。

足は止められなかった。

操は小走りに、敬春のところに向かっていた。


「敬春さん！」

操が顔を見せると、壁にもたれかかるように待っていた敬春は、驚いたような表情を見せた。

「どうした？　まだ時間は……」

「時間があるなら……」

操は言葉を切った。

じっと自分を見下ろしてくる敬春の顔を、見ていることができなくなる。照れくさい。

「……俺と一緒に、中を見て回りませんか？　とても、綺麗です」

「いいのか？」

敬春は、声を潜める。

その声があまりにも無感動だった気がして、操はどきっとする。

差し出がましい真似を、してしまっただろうか。

「俺が傍にいても、いいのか？」

敬春は操の耳たぶに口を近づけると、そっと尋ねてきた。よく耳を澄ませば、かすかに震えている。何かの激情を抑えようとして、感情のこもらない声になってしまったのだろうかと、操はふと思う。

「……はい」

操が小さく頷くと、敬春は「そうか」と呟いた。

言葉には、笑みが滲んでいるかのようだった。


腰を敬春の腕に抱き寄せられながら、操はギャラリーを見て回った。

「何が書いてあるのか、わからないな」

仮名を崩した草書を眺めながら、敬春が呟く。

「平仮名の文章ですよ」

「ただの棒線じゃないか。俺には、さっぱりわからない」

「古典で、やりませんでしたか？」

敬春は名のある私立大学に通っているのにと、操は無邪気に尋ねる。

「……俺は理系だ」

敬春は、軽く咳払いをした。

「センター試験で古文に足を引っ張られて、国立に行けなかったんだ。もっとも、こんな役に立たない学問で高得点を取らなくては入れない大学なんて、こちらから願い下げだが」

敬春らしくもない、子供っぽいぼやきだ。本当に、古典が苦手だったらしい。

「……直接的に役に立たないけれども、今あるものの基礎になっている学問ですよ」

文学部の人間らしく、操はフォローを試みる。

「昔から、操はこういうものが好きだったな」

絵巻物の絵を眺めながら、敬春はしみじみと呟いた。

「昔、正月にうちに挨拶に来た時に……。ああ、あれだ」

「あれって」

「百人一首」

敬春は、どことなく渋い表情になる。

「俺は、勝負事で負けたのは、生まれて初めてだった」

「……そんなこと、ありましたっけ？」

操は、首を傾げた。

確かに、百人一首は小学生時代から得意だ。

軌条家でやった覚えもあるが、敬春には勝てなかった気がするのだが。

「最初に、一緒に遊んだ時の話だ。おまえは、すっかり忘れているんだな」

敬春の声が、操の髪を揺らす。

くすぐったい。

いつになく穏やかな空気が、二人の間を流れていた。

「だって、とても小さい頃のことでしょう?」

「それでも、俺は覚えている。……全部」

敬春は、どことなく寂しげにつけ加えた。

「おまえは、そうでもないみたいだが」

「……忘れたいことも、あるから」

操は、ぽつりと呟いた。

両親が生きていて、幸せだった頃のことを、思い出すと胸が痛む。

操はできるだけ、それを思い出さないようにしていた。

もう絶対に帰ってこないあの頃の記憶が、胸を切なくさせるから。

「俺がいる」

たくましい腕にきつく抱擁され、操は驚いたように敬春を見上げた。

「俺がいるから……。そういう顔をするな」

頬を両手で挟まれて、顔を上に向かされる。

いつもなら拒むかもしれないが、今日は静かな気分で敬春を受け入れられた。

口唇が重なる。

軽い口づけだった。

優しく吸い合っただけで、さっと離れる。

いつも交わしているような、濃厚なセックスの香りがしないキスだ。

それなのに、操の頬は赤く染まってしまっていた。


少し早めの昼食は、わざわざ定休日のレストランを、操たちのためにだけ開けてもらっての食事だった。

外出中、護衛の組員たちの姿は、一切操の視界には入らなかった。

傍にいたのは敬春だけで、操は彼に優しくエスコートされて、穏やかな時間を過ごした。

たっぷり時間をかけて食事をした後には一緒に家に戻ったのだが、お互いの間の空気は、す

つかり棘《とげ》が抜けてしまっていた。

「俺は、これから会社に顔を出す。おまえは、ゆっくりしていればいい」

「……はい」

離れに戻った途端に、敬春は会社用のスーツに着替えを始める。

楽しい時間は終わりだ。

操は、ぼんやりと敬春の背中を見つめた。

「……これからも、たまには連れて行ってやるから。毎週、毎月とは約束してやれないが」

操の視線に気づいたのか、敬春がそっと操の頭の上に掌を乗せる。

「そんなに寂しそうな顔をしなくてもいい」

寂しい?

操は、瞬《またた》きをする。

自分は、そんな顔で敬春を見ていたのだろうか。

ただ、敬春はこれから会社に行ってしまうんだな、と思っていただけなのに。

(敬春さんが、傍にいないと寂しい……?)

心臓が、とくりと音を立てる。

自覚した途端、頬が熱くなった。

「どうした、操?」

「な、なんでもない……です」

操は自分の頬に触れた。

こんなに熱くなっている。

きっと真っ赤だ。

敬春は長身を屈め、操に軽く口づけると、そのまま出かけようとした。

「行ってくる」

「あ……」

操は思わず、彼を呼び止めかけてしまった。

微かに声が漏れただけなのに、敬春は操を振り向いた。

「……どうしたんだ？」

操は俯く。

「その……、今日はありがとうございました」

完全に護衛なしとは言えないけれども、すぐ傍で張り付かれているのと、遠巻きに見守られているのとでは、全然気分的に違う。

それに、護衛がついていることが気にならないほど、敬春と二人っきりで過ごした一時は楽しかった。

「礼はいい」

敬春は、素っ気なく操に背を向けた。
「楽しかった」
小声でつけ加えた彼は、そのまま部屋を出て行ってしまう。
「敬春さん……」
後に残された操は、惚けたように敬春が玄関の鍵を閉める音を聞いていた。
(楽しかった、か)
敬春の残していった言葉を反芻《はんすう》する。
操はますます顔を赤くして、見る人もいないのに俯いてしまった。
操も、楽しかった。
敬春の傍で楽しいと思ったのは、本当に暫くぶりのことのような気がする。
いつも、今日のように優しく接してくれればいいのに。
そうしたら……。
そこまで考えて、操ははっと我に返った。
優しく接してもらえたら、操はどうするというんだろうか?

# 4

『どうして、護衛つきなんだよ？』

その日の待田からの手紙は、とうとう操が触れてほしくないところに触れてきた。

『……両親が殺されて、それで』

『柚木には関係ないんじゃないか？』

『でも、うちの親はヤクザだったから。組が残っていたら、俺が組長だった』

面と向かってのコミュニケーションではないせいか、操もあっさりと身の上に触れられる。

『ごめん、聞いたらまずいことだった？』

『そうでもないよ。待田に、あまり気にしてほしくないけれども』

プリントを渡すふりをしながら、あるいは消しゴムを拾いあげるついでに、こっそりと紙切れを渡す。

最近の待田の定位置は、操の席の前だった。

机の下で手紙のやりとりをしているから、廊下に待機している護衛にも、おそらく気づかれたりはしていないだろう。

そういえば高校生の頃、クラスの女子がよく、授業中に手紙を回していた。

何を書いているのかと思っていたら、放課後に話せばいいようなことから、面と向かっては話にくいようなことまで、まめに書いていたみたいだ。

あの時の彼女たちをふと思い出し、操は苦笑いした。彼女たちは、こんなにも切羽詰まった気持ちではなかっただろう。


『何か、危ない目に遭っているのか？』

『直接には何もないけれども、今、俺を預かっている人が、俺を外に出したり、人と接触させるのを極端に嫌がるんだ』

『どうして？』


ストレートな待田の疑問に、操は答えられない。

どうしてなのだろうか。

操は返事を書くために広げた紙片に、溜息を零した。

考えなくても、敬春の警戒の仕方は異常だ。

敬春と二人っきりで操が出歩くことさえもできない。

常に護衛を潜ませている。

先日の外出は楽しかったけれども、あの日から操は、さすがに疑問を持つようになった。

どうして敬春は、ここまで徹底的に操を管理しようとするのだろうか。

どうして、完全に外の情報をシャットアウトして、操を他人と関わらせようとしないのだろうか……？


『わからない』

操は一言書いて、待田に手紙を回した。

『ちょっと、普通じゃないよな』


待田からは、すぐに返事が返ってくる。

彼の言うとおり、敬春の独占欲は過剰だった。

操を軟禁しはじめるまでは、少なくとも操の知っている敬春は、いずれ大きなヤクザの組長になるにふさわしい、分別と冷静さを身につけている人に見えた。人の上に立つ器だと誰もが噂したし、操もその通りだと思っていた。

けれども、今の彼は、分別と冷静さがあるような人ならばやらないようなことをしている。

操を囲っておきたいにしても、あそこまで徹底的に外に出さないようにしなくてもいいのではないだろうか。

何か、理由があるのだろうか。

ここまでして、操を外の世界と遮断しておかなくてはいけない何かが……。

待田への手紙に返事を返せないまま、講義が終わってしまった。

敬春の腹心たちが教室に入ってくるのを、操はいつもとは違う想いで見つめていた。

彼らは、操が逃げ出さないための監視なのだと思っていた。

けれども、本当は逆の立場の人間だとしたら?

操を逃がさないために監視をつけているというだけなら、先日のギャラリーやレストランのように、わざわざ人がいないところを選んで行く必要はない。

敬春は、大変な労力を払って、操を他人から隔絶しようとしている。

何か、事情があるのだろうか?

知りたいという欲求が、操の中に満ちてくる。

一年前、操は全てを奪われた。

そして敬春は操の全てを奪ったというのに、なおも何かを警戒している。

操は、ふと両親の顔を思い浮かべた。

彼らのことを考えると、どうしても無惨な死に顔が脳裏に浮かんできてしまう。

だから操は、極力彼らのことを考えないようにしてきた。

けれども今は、彼らのむごたらしい死と向き合わなくてはいけないという気がしてくる。

敬春が執り行う一周忌の法要よりもずっと、それは重要なことだ。

なぜ彼らが殺されてしまったのか。

操の今の状況は、両親の死の理由と関係があるのだろうか？

敬春がひた隠しにしている、柚木組壊滅の秘密と。


組員たちに囲まれるように家に戻った操は、離れの入り口で不意に、猫《ねこ》の鳴き声に気が付いた。

思わず、立ち止まる。

「どうされましたか？」

組員たちが、不審そうに声をかけてくる。

「猫が……」

見回せば、松《まつ》の木の大木の陰に隠れるように、まだ目が開いたか開いていないかくらいの、小さな猫がいた。

どこから、迷い込んできたのだろう。

「早くお入りください」

操は猫が気になって仕方がないのに、組員たちは早く離れに入ってしまうように操を急かす。彼らの体で、操の視界から猫が隠された。

いつもは逆らわない操だが、今日は違った。その場に留まり、懸命に伸びをして、猫を見ようとする。

心細そうに鳴いている猫に、両親を失った日の自分を重ねてしまったせいか、心が惹かれる。

「あの猫を拾うくらい、いいでしょう？」

操の言葉に、組員たちは顔を見合わせる。

「……しかし、どんな猫かもわかりませんので」

「どんな猫って……。ただの子猫じゃないですか」

押し問答していると、猫が悲鳴のような鳴き声を上げた。

何があったのだろうか。

猫に駆け寄ろうとした操だが、組員二人がかりで押えられて、敵わない。そのまま玄関に押し込まれ、外からいつものように鍵をかけられてしまった。

「出して！」

操は聞き分けのない子供のように、玄関の扉を叩きはじめる。

「出してください、出して！」

まだ耳には、あの猫の心細そうな声がこびりついている気がした。

「あの猫、助けて……！」

外に声が聞こえているかどうかもわからない。けれども、操は力の限り叫んだ。

五分ばかり玄関で騒いだ後で、操は居間の障子《しょうじ》を開ける。

その障子の向こうには強化ガラスの窓があり、決して開くことはない。けれどもせめて、自分の目で猫の無事を確認したかった。

しかし、位置が悪いらしく、操の目からは子猫の姿が見えない。

操はやりきれない想いをこめて、窓ガラスを叩いた。

「……ここから、出して……」

そのまま、窓に縋りつくように座りこむ。

あんな小さな猫の命一つ助けられない。

「……もう、嫌だ……」

操は、呻くように呟いた。

こんな生活、もう嫌だ。

いくら、自由になる以外の望みなら叶えてもらえるとしても、もうこんなのは嫌だ。

外に出たい。

両親はなぜ殺されたのか、どうして操がこんな目に遭わなくてはいけないのか、知りたい。

操はうなだれる。

膝の上に、ぽたりと涙が落ちた。


その日の夜、操はいつものように敬春と同じ布団に入る前に、枕元に正座をした。

「……どうした？」

操の改まった態度に、敬春も布団に横にならず、あぐらを掻く。

「どうして、俺の両親は殺されたんですか？　いったい、誰に？　生き残りの組員は、本当にいなかったんですか？」

操は敬春を見据えて、尋ねた。

「なぜ俺は、こんな軟禁生活を送らなくてはいけないんですか？」

「……」

敬春は、じっと操を見据えた。

「なぜ、いまさらのように気にするんだ」

「ずっと気になっていました」

敬春に圧倒されそうになりながらも、操は目を逸らさないようにしようと努力した。

ここで引くわけにはいかない。

「……でも、思いだすのが辛かったし、あなたとの生活に馴染むのに必死で……。俺が弱かったから、いけない。だから今まで、聞かなくてはいけないことも、聞けずにいたんだ」

「おまえは、何も気にしなくていい」

敬春は、操の頬に触れてこようとする。

「そんなはず、ありません！」

操は、その手を払った。

ところが敬春は、操の体ごと自分に抱き寄せる。

そして、たくましい胸へと閉じこめた。

「もう、昔のことは忘れろ。柚木組はなく、おまえは今、俺の女だ。それさえわかっていればいいから」

「俺の両親のことです。俺の育った組です。それに……っ」

口唇を噛み締めた操は、敬春の胸を握った拳で叩く。

容赦したつもりはないが、敬春は身じろぎ一つしなかった。

「俺はもう、こんな生活嫌だ。自由に外に出ることもできないし、こんなの、生きているか死んでいるかもわからない……！」

今までの鬱憤《うっぷん》を全てぶつけるかのように、操は敬春の胸を叩き続けた。

「……言いたいことは、それだけか？」

敬春の声は静かだ。

声を荒《あら》らげて操を怒鳴りつけたわけではないのだが、操はふと動けなくなった。

敬春から、重苦しい気配を感じた。

「つまりおまえは、俺の傍にいるのが嫌というわけか。どうであっても」

「そうじゃなくて……」

操は、言葉に詰まる。

敬春の傍にいたくないというわけではない。

一年以上前の関係に戻れるのであれば、操が普通の敬春の預かりの身の上だというのなら……。いや、愛人にされてもいいから、せめて外に出る自由を与えてくれるのであれば、操は敬春の傍にいてもいい。

どうしてわかってくれないのだろう。

敬春の傍だから、操は不満を訴えているわけではない。

ささやかな自由も根こそぎ奪われてしまったから、不満を持っているだけだ。

「まだ、わからないのか？　おまえは、俺のものだということが」

敬春の腕に、力がこもる。

「おまえは、どうしたらここにいるんだ？」

低く唸るような声で呟いた敬春は、強引に操を布団の上に押し倒した。

「やめてください！」

操は暴れる。

敬春は怒っていた。

また怒りにまかせて陵辱されるのかと思うと、体が竦む。

けれどもそれ以上に、自分たちは話し合うことさえできないのかと思うと、それが哀しくて哀しくて、仕方がなかった。

一緒に外に出たあの日には、少しだけ心が近づいたような気がしたのに。


「……っあ、いや……いやぁっ」

下半身から、淫らな水音が漏れてくる。

無理矢理ねじ込まれたはずのものを、従順に受け入れ始めたそこの淫猥な動きが、操にはとても耐えられなかった。

自分の体なのに、自分の手から強引にもぎ取られて、他人のものにされてしまったような気分になる。

敬春のものに……。

四つ這いにさせられた操は、布団を手で握り締めていた。

操の体をろくに慣らしもしてくれず、敬春は強引に猛々しい性器をねじりこんできている。

いくら操が男を受け入れ慣れているとはいえ、辛い。

痛みのあまり、呻き声と涙が零れたが、敬春は気にしてくれなかった。

まるで余裕がない子供のように、彼は強引に操を求めた。

「……っ…ふ……」

かりの部分まで引き抜かれて、操は息を漏らす。

ぬちゃりと、濡れた音が響いた。

既に一度、敬春は操の中で放っている。

セックスを覚えたての子供のように、駆け引きも何もせず、ただ操の内側の柔らかさを擦り立てるように味わい、彼は精を放った。

操は頬を布団に埋めて、腰だけを高く上げた状態だった。

尻の狭間を出入りする敬春の性器は、一度放った後だというのにまだ硬い。

操は、強引な挿入の痛みで、感じるどころではなかった。

けれども、一度内側に精液を放たれたせいか、敬春が性器を出し入れするに従って、操の体も高ぶりはじめてしまう。

「いや……」

操は、激しく頭を振った。

「……こんなの、嫌だ……」

敬春は操の腰の辺りに手を置き、体を起こしていた。

もともと、操はあまり背後から挿入されるのが好きではない。

敬春の顔が見えないし、背中から抱き締められている時と違い、今の体勢ではほとんど敬春と肌が触れ合わない。それが、心細さと頼りなさを感じさせるせいか、心の中に焦燥に似た切なさが生まれてしまうのだ。

「嫌がっているようには思えないが？　俺が引き抜こうとすると、きつく絡みついてくる。淫乱な尻だな」

敬春は冷ややかに笑うと、一気に性器を引き抜いた。

「あっ」

短く声を上げた操を、敬春は乱暴に抱き上げた。

嫌だ、やめて、放してと暴れる操に構わず、敬春は操を横抱きにすると、姿見の前に連れて行った。

そして、腰を下ろす。

「放してっ！」

敬春の意図に気づいて、操は暴れた。

鏡の前で犯されるたびに、操が自尊心を傷つけられて、あれほど嫌がっているのはわかっているくせに、敬春はまた操を踏みにじろうとしていた。

傷つけようとしているとしか、思えない。

「よく見てろ」

敬春は、操の性器を握り込む。

幹に従っている実の部分を逆手に握られて、操は息を呑んだ。

その部分は触れられることがほとんどない、弱い部分だ。

「やめて……」

声が、上擦ってしまう。

「おまえは、まだわかっていないようだからな。自分が、誰のものになったのか」

敬春は、操の浴衣の袖《そで》を破くと、こよりのように裂いた浴衣の布地を細くして、操の性器へと巻き付けはじめた。

「やだ……っ！」

操は子供のように悲鳴を上げて、身を竦める。

敬春の意図は、手に取るようにわかる。

だからこそ、操は怯えた。

怖くて怖くて、どうしようもなくなる。

その責め苦は何度となく経験し、そのたびに操はぼろぼろにされてきたのだ。

「それは嫌だ……っ」

「おまえが、あまりにも聞き分けが悪いのがいけない。……よく見てろ」

「や……っ」

「握り潰されたくなければ、大人しくするんだ」

弱い部分を盾に取られて、操は渋々鏡を見る。

勃起した性器の先端からは、こんなに怖がっているというのに、透明の蜜《みつ》が大量に溢れていて、変色した幹を濡らしていた。

下腹につくほど硬くなっているのに、熱を解放されることが許されない性器。根元の縛めを、操は恨めしげに見つめた。

「……よく見てみろよ」

敬春は操を自分の膝の上に乗せて、鏡に向かって足を開かせる。

最奥から、白濁した体液が溢れ出す。

敬春の、陵辱の証だ。

「ひくついているな」

敬春は操に見えるように、後孔へと指を出入りさせた。

人差し指が細やかに動き、そのたびにぽこっと体内から精液が溢れる。

淫らがましい光景を、鏡は映し出していた。

「……や…だ……」

敬春の指は操の前立腺に触れて、残忍なほどの快楽を味わわせようとする。

根元を縛められたまま、そんな場所を弄られたら、操はどうにかなってしまう。

「お願い、やめて……やめて……!」

譫言のように、操は敬春に許しを乞う。

「見てろよ。自分がどうやって、俺のものを咥えるのか」

敬春は怯える操の腰を浮かせて、天を向いていた自分のペニスの上に、ゆっくりと落とそうとする。

「やめ……っ!」

操は悲鳴を上げた。

けれども、先端が後孔を抉ってしまえば、もう後は堕ちるだけだ。

敬春の切っ先に、操は突き刺された。

「……っ……あ……」

深いところまで、敬春が入りこんでくる。

自らの重みで猛々しい性器を受け入れさせられ、操は泣きじゃくった。

鏡には、操の後孔が敬春と繋がっていく淫靡な様子が、はっきりと映し出されていた。

とても見ていられないほど淫らな後孔の動きに、操は涙を落とす。

「いや……こんなの、いやだ……」

「嫌でもなんでも、おまえは俺のものだ」

そこで繋がっているのだということを誇示するかのように、敬春は腰を揺すぶる。

「ああ……っ……」

操は啜り泣いた。

内側の感じやすい場所を性器で刺激される。

その快楽が、操を追いつめていった。

「ここも、もうどろどろだな」

敬春は操の性器を摑んだ。

このままだと、中からも外からも追いつめられてしまう。

操はしきりに、首を横に振った。

「お願い、やめて……やだ……」

「操のここは、気持ちよさそうだが？」

敬春の手が、ゆっくりと操の性器を扱き出した。

「や……っ」

操の目の前で、敬春の手に包まれた性器の先端から、雫が溢れた。

その透明の体液が、敬春の指を濡らす。

我慢できなくなって、操は泣き出してしまった。

「もういや、こんなのいやだ、壊れる……！」

体よりも、先に心が壊れる。

操は嗚咽を堪えるように、掌で口元を覆った。

「壊れてしまえ」

低い声が、操の鼓膜《こまく》をくすぐる。

「それでも、俺にはおまえがいる」

鏡に映った敬春の眼差しは、真剣だった。

そして、どことなく翳《かげ》りを帯びている。

「おまえが壊れたら、もう俺から逃げようとは思わないだろうな。……俺の傍に、ずっといるんだろう?」

「あ……」

操は、目を見開いた。

体はこんなに熱くなっているのに、心の底から冷え冷えとしたものを感じる。

「おまえが一人で何もできなくなってしまえばいい。誰かの手を借りなければ、生きていけなくなればいい」

とても恐ろしいことを、敬春は熱に浮かされているような口調で呟いた。

「……そうすれば、俺だけのものになってくれるだろう?」

怖い。

敬春は、どうしてしまったのだろうか。

こんなのは、操の知っている敬春じゃない。

(いったい、どうして……?)

青ざめた操の頰に、敬春は恭しく口づけてくる。

「どんなことをしても、おまえが俺の傍にいたくないというのならば、いっそ、そうなってしまえばいいんだ」

操は決して、敬春の傍にいたくないというわけじゃない。

けれども、敬春の激情に圧倒されて、そうやって否定することさえできなかった。

「ほら、これで壊れてしまえ」

「あぁっ」

敬春が、乱暴に操を下から突き上げてくる。

「……っあ、や……」

強引に快感を揺すぶられて、操は甘い声で悲鳴を上げた。

底知れない恐怖を感じながら。

5

「……っ、あ……やぁ……ん……」

操は身を捩りながら、敬春の性器に貫かれていた。

標本にされた蝶《ちょう》のように、腕の中に閉じこめられている。

どれくらい、こうして過ごしているのだろうか。

今はただ、操は敬春の欲望をぶつけられるだけの人形のような存在になっている。

敬春が外出している間、操は手足に枷をつけられて、柱に繋がれていた。

着るものも与えられず、性器を縛められたまま放置される屈辱を感じられないほど、操は疲れきっていたし、頭がどうにかなっていたのかもしれない。

起きているのか、寝ているのかもわからない、浮遊感に身を浸して過ごす。

心と体が、ばらばらに離れてしまったかのようだった。

操の心と体がしっかりと結びつくのは、皮肉にも敬春が帰ってきた後だけだった。

敬春に貫かれてようやく、空を漂っていた操の心は体に戻ってくる。

「……っ……あ……や……ぁ……ん……」

敬春の強いる乱暴なセックスにも、今の操は反抗じみた言葉を吐くことすらできない。

男の性器に深く繋がれて、乱暴に揺すぶられる。その感覚だけが、現実だった。

「……く……ふ……ん……ぁ……………」

「操……」

操の体中にめちゃくちゃに口づけながら、敬春は繰り返し名前を呼んだ。

操は、その声に答えも反発もしない。

すると敬春は、それに苛立ったかのように、ますます乱暴に操を突き上げてくる。

操は甘い声で鳴く。

結びついたはずの心と体が、またばらばらになっていきそうだった。

「……っ……あ………………！」

性器の縛めを解かれないまま抱かれて、達することができない操は、長引く快楽に下腹をひくつかせていた。

早くこの熱を解放したい。

いや、もう少しだけ、味わっていたい……。

願いが矛盾していることにさえ気づけずに、目の前の快楽を貪り尽くすことしか考えられなくなる。

「……っ」

敬春は操の中から性器を引き抜くと、いきなり操の顔に向かって射精する。

粘つく体液の感触が顔に伝わっていくが、操はそれを拭うこともできなかった。

ぼんやりと、敬春を見上げる。

「……舐《な》めろ」

まだ射精の余韻《よいん》に震える性器を口元に突きつけられて、操はそっと舌を出す。

そして、子猫がミルクを飲む時のように、薄紅の舌で、性器から零れる精液を舐めはじめた。

「あ……ぐ……っ」

口腔いっぱいに、性器を頬張る。体液の味がするそれで、口の中を満たされていく。もう、どれだけ注ぎ込まれたかもわからなかった。

「それが好きか？」

投げ遣りな敬春の問いかけに、操は頷く。

これしか、操の熱を解放してくれるものはない。

好きだと思い込むしかなかった。

敬春は、やるせなさそうに笑う。

「本当に、壊れたか……」

(壊れる？)

操は、薄く微笑《ほほえ》んだ。

敬春の言葉の意味なんて理解していなかったけれども、彼の笑みに反応してしまったのかもしれない。

「……やめろ……」

敬春は操の髪を掴むように、自分の股間から引きはがした。

そして再び、硬くなりかけていたもので、操を貫く。

「あぁっ！」

操は悲鳴を上げ、背中をしならせた。

深く抱えこまれた腰が軋みを立てるほど、敬春は乱暴に操を揺さぶった。

「……あ……っ、や……は…………あぁ……ん……！」

「もういい！」

敬春の声が、悲鳴のように聞こえる。

「達け」

性器の縛めが、ようやく解かれる。

操は甲高い悲鳴を上げて、射精していた。

肌寒さのあまり、操は目を覚ました。

手足が、泥に埋もれているかのように重い。
操は、敬春に膝枕をされているようだった。
乱れた髪を、彼の指が梳いている。
もう、すっかり夜になっているようだ。
障子の向こう側は真っ暗だ。
「目を覚ましたのか」
そういう敬春は、眠っていなかったのだろうか。
彼には仕事も大学院もあるだろうに……。
操は上目遣いになったが、すぐに目を瞑ってしまった。
何も考えたくないくらい、心も体も疲れ切っている。
どうせ操は、ここから出してもらえない。
外に出て行く敬春を見送り、この小さな部屋で蹲《うずくま》っていることしかできないのだ。
「……外に出たいか？」
静かに尋ねられたが、操は答えられなかった。
目を瞑ったまま、敬春に擦り寄る。
彼にはもう、何も望めないということは、嫌というほど思い知った。
彼とは、会話すらしたくない。

「よく眠るといい。……明日は、大学に行ってもいいぞ」

怖いくらいに優しく、敬春は呟く。

操は答えない。

もう、彼の言葉の意味を考えたりしたくもなかった。

疲れきっていて、眠っていたかった。

この離れには、淀んだ、悪い空気が漂っているのかもしれない。

どこか夢見心地のまま、操は考える。

まるで、沼の底のようだ。

二度と這い上がれない、底なし沼……。

これで、敬春は満足なのだろうか？

操は不意に、彼の顔を見たくなった。

目をうっすらと開けると、敬春は操を見ていた。

苦しげな表情だ。

望み通り、操の気力を奪い取ったのだから、もっと勝ち誇ったような表情をしていればいいのに。

どれだけ意地を比べたところで、操は勝てないのだとわかった。こんなにも思い知らされているのだから。

それなのに、敬春のほうが傷ついたような表情をしている。

その意味を考える力は、今の操には残されていない。

頭の中は、霞《かすみ》がかったようだった。

それでも、五感はまともに動いている。

眠りに落ちる寸前、操は敬春の独り言を聞いたような気がした。

けれども、錯覚なのかもしれない。

「許してくれ」なんて、彼が言うとは思えないから。


朝になると、敬春は自分の手で、操の外出の用意をしてくれた。

本気で、操を大学に行かせるつもりのようだ。

日付の感覚が狂っていて、操は何を持って通学すればいいのかわからなくなっていた。

ところが、敬春は操の授業のこともきちんと頭に入れているようで、操の分まで荷造りをして、持たせてくれた。

送迎の車から降りても、操はどの教室に行っていいのかもわからなかった。

途方に暮れたように立ちつくしていると、組員がそっと操の袖を引き、場所を教えてくれた。

歩いているうちに、操は少しずつ現実感覚を取り戻そうとする。

その教室に行くということは、今日は木曜日だ。

必修の授業だから、同期のほとんどが取っている……。

ちょっとずつ日常的なことを考えながら、操はばらばらになった心を繋ぎ合わせようとしていた。

軟禁されるようになった直後も、今回と同じような目に遭わされたということを、操は思い出す。

あの時も、操はこんなふうに、ずっと夢の中にいるような気分だった。

もっともあの時は、おかげで両親の死の痛手から遠ざかることができたのだから、わからないものだ。

しかし、今となっては、もっと両親の死に執着するべきだったと後悔もしている。

操は、息を吐いた。

ようやく、まともに呼吸できたような気がした。

前のことが思い出せるようになったのだから、だいぶん正気に戻ってきたのかもしれない。

「私たちは、いつものように廊下でお待ちしていますので」

人形のようだった操の瞳に感情が戻ったことに気づいたのか、操に付き従っていた組員が、ほっとしたような表情を見せた。

彼の言葉に返事はせず、操はいつものように教室の一番後ろの席に座る。

講義が始まって暫くすると、早速手紙が回ってきた。


『久しぶり。顔色悪いけど、大丈夫？　病気でもしていたのか』


待田からだ。

操は、息をつく。

悪夢から、ようやく目が覚めた気がした。


『大丈夫。心配してくれて、ありがとう』

『三日も休むから、驚いた。ノートいるか？』

『本当に、ありがとう』


こんな他愛のない言葉のやりとりが、言葉もなくセックスの相手だけ勤めさせられた後だからか、余計に嬉しくて仕方がなかった。

それと同時に、永遠に続くと思われた陵辱も、三日間のことだったのかと拍子抜けする。

そういえば、敬春はどうして操を外に出す気になったのだろうか。

気まぐれでも起こしているのかもしれない。

操は、自分自身を抱き竦めた。

一度、こうやって日の当たる場所に出てしまうと、たまらなくあの男のところに戻るのが嫌になってくる。

あんな扱いを受けるのは、もうごめんだ。

どこか遠くへ行きたかった。


『……元気ないな』

待田の手紙が、語りかけてくる。

『なぁ、抜け出して遊びに行かないか？』


操は、目を瞠った。

いつもなら断るその誘いが、とても魅力的に見える。

ここから抜け出して、敬春のもとに帰らない。

あんなに辛くて苦しい関係は、もう嫌だ。

話をすることもできないと思い知らされた以上に、彼が操に向ける熱すぎる執着が恐ろしかった。

待田の手紙を前に暫く考え込んでいた操は、やがて震える指先で文字を綴った。


『逃げ出したい』


待田は前々から操を連れ出す計画を立てていたらしく、手紙に長々と詳しいプランを送ってきた。

操は待田の指示通り、護衛の組員たちに体調不良を訴えて、大学の保健センターに行く。

そして、ベッドで休むと言う。

操についている男たちは、さすがにベッドの傍にまで入ってこなかった。

苦しいから服を脱いで休みたいと、操が言ったせいかもしれない。

操が選んだベッドは、休憩室の一番奥。

そこには、小さな窓があった。

ベッド周りのカーテンを閉め切ってから、操はその窓を開ける。

外には、既に待田が待っていた。

操は彼の顔を見て、ほっとしたように表情を緩める。

そしてそのまま、勢いよく外へと飛び出した。


追っ手に見つからないように、なるべく遠くに逃げなくてはいけない。

「どこに行くの？」

操が尋ねると、待田は操の手を引き言った。

「こっち、駐車場」

「駐車場？」

「そう」

待田は頷く。

そして、小走りに行きながらも、嬉しそうに言った。

「柚木って、綺麗な声なんだな。初めて声聞いたって、なんかへんな感じ。いっぱい、話していた気がするのに」

「……そうだね」

手を引かれるように走る操も、奇妙だと思っていた。

待田とはたくさんやりとりしたのに、こうして実際に言葉を交わすのは、本当は初めてなのだ。

「待田は車を運転できるんだ？」

「ああ、俺じゃないよ」

待田は、あっさり否定した。

「柚木に会いたいっていう人がいるから」

「俺に会いたい人？」

操は、首を傾げる。

「柚木のことを、助けたいんだって」

待田は言った。

「柚木のお父さんの知り合いだって言ってたよ」

「父さんの？」

操は、驚きの声を上げる。

それと同時に、少しだけ警戒した。

父親の知り合いということは、ヤクザなのだろうか。

待田は、そんなものに繋がりがあるような学生には見えないのだが。

「俺が、ちょっとしたことで知り合った人なんだけどさ……」

操の表情の変化には気づかないようで、待田は変わらない調子で話を続けている。

「柚木って、今、お父さんの敵に捕まっているんだって？　俺、その人からおまえのこと聞いて、なんとかしてやろうって思ったんだ。嘘じゃない」

「待田……」

「交換条件だったのは確かだったんだけど。俺の彼女、その人の関係者で……」

「それはどういうこと？」

尋ねた時には既に、大学裏手の駐車場まで来ていた。

そして操は、そこで待ちかまえていた人の姿を見て、待田に問いかけるのはやめた。

「……これは、どういうことですか。会頭」

操は真っ直ぐ、軌条会会頭、軌条久光を見据えた。

「あ、やっぱり、柚木の知り合いだったんだな」

操の態度で、久光と操が知り合いだということはわかったのだろう。

待田は、ほっとしたように胸を撫で下ろした。

「ああ、待田。よくやってくれた」

久光は、鷹揚に待田へと笑いかけた。

「もう、おまえは戻っていいぞ」

「いいから、戻れ」

久光が低い声で指示した途端、彼の部下が二人がかりで待田をその場から引きずり出そうとする。

それと同時に、操の両隣へも、屈強な組員が張り付いた。

「え、ちょっと……。柚木！」

その場の雰囲気に不安を感じたのか、待田が操の名前を呼ぶ。

うろたえた待田の態度で、操は彼にはまるっきり悪気がなかったのだと確信した。

そして、ほっとする。

彼に裏切られたとしたら、辛すぎる。

「待田、大丈夫。この人は確かに、俺が小さな頃から知っている人だから」

操は待田を振り返り、安心させるように笑ってみせた。

「……そう、よく知っている人」

操は、小声で繰り返した。

どうして久光が、こんな方法で操を連れ出そうとするのだろうか。

危機感が胸を騒がせる。

「柚木！」

「でも……」

無理やり遠ざけられていく待田の声が聞こえる。

彼がもっと遠くへ……。操に何かあっても巻きこまれないほど遠くへ、早く行ってくれればいい。

待田に助けを求めようとは思わなかった。彼みたいな人を、危険な目に遭わせるわけにはいかない。

「……久しぶりだな、操」

久光は、両脇から押えこまれた操の傍に寄ってくる。

「間近で見たのは、おまえの両親の葬儀以来だが……。ますます色っぽくなったな。敬春には毎晩のように可愛がられているみたいだが、そのせいか」

久光の眼差しは、下卑た色を帯びる。

「あの日から、おまえの淫らな姿が忘れられなかった」

操は口唇を嚙み締めた。

一年前、両親の葬儀の夜に、敬春に犯された操の体を見た時にも、久光はこんな顔をしていた。

欲望を滾らせた目で、操を見ていた。

「立ち話もなんだし、邪魔が入るのも興ざめだ。……行こうか」

「……俺は、敬春さんの女なのでしょう?」

操は、じっと久光を見つめる。

「ああ、そうだ。敬春のガードが堅くて、おまえを手に入れるまで一年かかったな」

操の顎を摘み上げて、久光は嗤う。

「年が離れた男の好さも、たっぷり教えてやるよ」

「……っ」

操は、悔しげに表情を歪めた。

口唇を奪われる瞬間、思い浮かんだのは敬春の顔だ。

「放してください！」

「なんだ」

操の抵抗が不満なのか、久光は表情を歪めた。

「敬春に、操立てでもするつもりか」

「そういうわけじゃ……」

操は言葉に詰まる。

けれども、敬春に触れられるのとはまた別の意味で、久光に抱かれるのなんてごめんだ。

「とにかく、行くぞ」

「いやだっ」

操は悲鳴を上げるが、そのまま強引に車へと押し込まれてしまった。

操が連れ込まれたのは、都内のホテルだった。

「放して！」

抵抗も空しく、組員二人がかりでベッドへと押えつけられた操は、スーツを脱ぎ始めた久光を見て、表情を強張らせる。

「おまえに、頭の悪い同期がいて助かった」

操が逆らえないのを確信しているのか、久光は余裕の表情をしていた。

「うちの組の者の女に、手を出してな……。女との付き合いを許すかわりに、おまえを連れ出す手助けをしろと言ったら、後先考えずに話に乗ってきた」

ベッドのスプリングが軋みを立てる。

久光はシャツの襟元まで緩めると、操にのしかかるようにベッドへ乗り上げてきたのだ。

「敬春にどれだけ慣らされたか、確かめさせてもらおうか」

「……っ」

操は口唇を嚙み締める。

「放してください」

「そうはいかんな。ここまで手間暇かけたんだ」

久光は、冷ややかに嗤う。

しかし、彼の態度には虚勢が混じっている気がする。為人《ひととなり》が薄っぺらなのかもしれない。息子である敬春のほうが、ずっと威厳があるように見えた。

「それに、生かしておいてやったんだ。敬春だけではなく、会頭である俺にもその体で礼をしてもいいだろう？」

久光は、思わせぶりに目を細めた。

「な……っ」

操は、息を呑んだ。

「それは、どういう……？」

「なんだ、敬春は何も話していないのか」

にやりと、久光は笑った。

「おまえを、一切外と接触させないように、手間をかけていたようだが……。なるほどな。俺を警戒すると同時に、おまえに真実を知らせないようにしていたのか」

「まさか……」

操は、息を呑んだ。すっと、背筋が寒くなっていく。

「両親を殺したのは、あなた方ですか？」

「さぁ？」

久光は含みのある表情になる。

「親の敵に犯されるほうが燃えるなら、そう思っていればいいだろう」

久光は操のシャツに手をかけると、一気に引き裂いた。

「やめて！」

操は悲鳴を上げる。

しかし、押えこまれているせいで、逃げることもできない。

無防備に露《あらわ》になってしまった乳首に、ぬるりとした舌の感触がする。

操は身を竦めた。

「いや……っ」

「随分、大きくなっているな。敬春に、毎日吸われているせいか？」

色づいた突起に舌を絡ませながら、久光は呟く。

「触り心地がいい乳首だ」

「いやだ、やだ、離せ！」

「往生際が悪いな」

久光は、操の頬を平手打ちした。

「……っ」

操は、顔を顰める。

敬春のように、快楽で操を屈服させるのではなく、久光は最初から暴力を背景に操を犯すつもりだ。

操をただの欲望のはけ口としか見ていないことが、よくわかった。

敬春とは違う。

敬春が乱暴になるのは、操を独占したいせいだ。

遅まきながら、操は気づく。

敬春はどれだけ手荒に操を抱いたとしても、その根底には操への深い執着があった。

それが操にもわかったから、我ながら理解しがたいのに、彼を受け入れてしまっていたのだ。

「あなたなんかに、触れられたくありません。放してください！」

敬春の顔を思い浮かべた途端、久光に触れられたくないという強い想いが膨れ上がった。

「気が強いな」

「つぅっ」

下半身を握りこまれて、操は呻き声を上げた。

「そんなに、敬春の体が恋しいのか？　なに、そのうち敬春のことなんて忘れて、俺のほうがよくなるだろう」

柔らかな操の乳首をこねくり回しながら、久光は言う。

「俺の味を覚えるまで、ここから出られるとは思うな」

「……やぁ……っ」

息子の次は父親に、操は犯されてしまうのだろうか。

久光は興奮しているらしく、息は熱く荒い。

その息が頬にかかり、操は悲鳴を上げた。

「嫌だ……！」

こんなふうに犯されるのは、もう嫌だ。

こんなのは……！

「助けて！」

操は、大きく声を張り上げた。

「助けて、敬春さん！」

その名前が口唇から零れたのは、皮肉かもしれない。でも、それほど敬春は、操の中に深く入り込んできている。

「敬春は来ない。諦めろ」

久光は操の顎を押え、固定させると、再び口唇を奪ってくる。

噛みついたら、また頬を張られた。

「痕がついたな」

赤くなった操の頬を撫でながら、久光は満足そうに呟く。

「この綺麗な顔を、苦痛に歪ませるのも悪くない。これで泣いてくれたら、もっといいんだが」

誰が、泣いたりするものか。

操は、口唇を嚙み締めた。

痛みなんて、たいしたことはない。

本当に怖いのは、快楽に呑まれてしまうことだ。敬春を裏切ってしまうことになりそうで、彼に義理立てすることなんてないのに、操には耐え難かった。

操が久光を睨んだその時、大きな音とともに誰かが駆け込んでくる足音が聞こえてきた。

「誰だ！」

操を押え付けていた組員たちが顔を上げるとほぼ同時に、操の上に乗っていた久光が吹き飛ぶ。

「大丈夫か、操！」

信じられない。

その声は、敬春のものだった。

操は天井を見上げたまま、大きく目を見開いた。

「おまえら、操を放さないか！」

敬春に一喝されて、操を拘束していた組員たちの手が離れる。

その途端、操は敬春に抱き締められた。

「無事か？　怪我はないのか？」

敬春らしくもない、切迫した口調だった。

彼は、組員を十人以上連れている。

操も見知った顔ばかりだ。

(助かった……？)

操は無言のまま、彼の胸に顔を埋める。

慣れた体温と匂いに、安心した。

涙腺が緩みそうになるが、慌てて堪える。

敬春から逃げたかったはずなのに、彼の体温に安心している。

こんなの、矛盾している。

操はやはり、おかしくなっているらしい。

「なぜここへ？」

絨毯《じゅうたん》の上に蹴り落とされた久光は、尻餅をついたままの姿勢で息子を見上げた。

「操につけていた護衛が、車を追っていた。尾行に気づかなかったのか。馬鹿め」

敬春は、久光を嘲った。

「よくも、俺を出し抜こうとしてくれたな。ふざけた真似をしやがって。父親とはいえ、容赦はしない」

「敬春……」

「今日から、楽隠居《らくいんきょ》してもらおうか、親父殿」

敬春は、嘲るような口調になる。

「なんだと！」

久光はようやく立ち上がると、敬春に詰め寄ろうとした。

ところが、敬春の連れてきた組員たちに、逆に拘束されてしまう。

「貴様ら……！」

敬春が連れてきたのは、軌条会の組員だ。本来、久光に従うべきなのだろうが……。彼らは完全に敬春に忠誠を誓っているようだ。

久光は、歯ぎしりするほど悔しがった。

「俺は、軌条会の会頭だぞ！」

「あいにく、ほとんどの組員は俺についている。東雲組のほうにも根回し済みだ」

敬春は鋭い眼差しで、操を押さえ付けていた久光の部下たちを睨みつけた。

「おまえらは、どうだ？」

その言葉に弾かれたかのように、久光の部下たちは絨毯に手をついた。そして、敬春に向かって頭を深く下げる。

「……よし」

服従の姿勢を見せた男たちに、敬春は鷹揚に頷いてみせた。

「貴様ら！　裏切り者め！」

久光は逆上するが、敬春の部下にはばまれて、身動きもとれない状態だ。

「裏切られる程度の器量だったということだろう」

敬春は吐き捨てるように言う。

「……貴様ごときが操に触れようなんて、身の程を知れ」

呟いた敬春は、操の髪に顔を埋めた。

自分の所有権を確認するかのように。


そのまま家に連れ帰られた操は、生きた心地もしなかった。

敬春は車の中でも操を抱き締めたまま、一言も話をしようとしない。

いったい、逃げ出した自分には、どんな罰が与えられるのだろうか。

操は敬春の腕の中で、縮こまっているしかなかった。

しかし、操自身のことよりも、さらに心配なのは待田だ。

離れに連れ込まれた操は、敬春の前に手をついた。

プライドも何も、気にしていられない。

友人のためだ。

「お願いです。待田には手を出さないでください」

父親に対しても、あれだけの怒りを見せた敬春だ。

操を連れ出すことに荷担したと知られたら、待田も無事に済まない気がした。

操は、気が気でない。

「俺のためを思ってしたことで、悪気はなかったから……！」

「……おまえのため、か。おまえは、そうやって俺以外には寛容だな」

敬春は投げ遣りに呟くと、操の前に腰を下ろし、あぐらを掻いた。

「敬春さん……？」

操は顔を上げる。

敬春は、とてもやるせなさそうな表情をしていた。

「従順になったと思ったら、ただの演技か。やはりおまえの頭は、俺から逃れることで一杯になっているんだな」

操の腕を強く引き、敬春は操を抱き寄せる。

「あ……っ」

操は声を漏らして、敬春の胸へと倒れこんだ。

「いったい、俺はどうすればいいんだ？」

問いかけられても、操にだって答えられない。

敬春が傷ついているのはわかるが、どうしてなのか、その傷がどうやれば癒えるのか、操には見当がつかなかった。

「操……」

名前を呼んだ口唇が、近づいてくる。

操は惚けたように、その口唇を受け入れた。

また、犯されるのだろうか。

陵辱され続けた時の苦しみが、蘇《よみがえ》ってきた。

「……また、あんなに酷いことをするんですか？」

ぽつりと呟くと、操の服をはだけさせようとしていた指が止まる。

「久光さんは、俺の命を助けたと言っていましたよ？　どういうことなんですか？」

「黙れ」

敬春は乱暴に、操の口唇を塞ぐ。

また、力ずくで組み敷いて、操の言葉を封じるつもりだ。

そう思った途端、操は暴れ出してしまった。

「放して！」

腕の中で身を捩り、逃れようとする。

また同じことの繰り返しになると、心の中の冷静な部分が操に警告をする。

けれども、やり場のない怒りを抑えることはできなかった。

「放して、敬春さん！」

「操！」

もみ合った拍子に、畳に倒れ込む。

そのまま、敬春は操をねじ伏せ、強引に口唇を合わせてきた。

「……っ」

「……何も言うな」

苦しげに、敬春は呟く。

「頼むから……」

彼らしくもなく気弱げな呟きが、操の鼓膜を静かに揺らした。


「……っ、は…ぁ…………」

怖れていた、苛むようなセックスのかわりに、濃密な愛撫が操の全身を這いまわる。

「あいつに、どこまでされた？」

敬春は、囁くように問いかけてきた。

「何も……」

操は呟く。

「本当に？　服を脱がされていただろうが」

敬春は挿入を急がずに、操の中を指で慣らしながら呟いた。

その場所は、三日に続いた荒淫の結果、まだ緩んでいる。

指の腹で撫でられると、苦しいくらいに疼いてしまった。

「言うんだ」

前立腺を刺激されて、操は声にならない喘ぎ声を漏らす。

「……っ、く……」

操は、渋々口を開いた。

「胸と……口唇を、少し」

「吸われたのか？」

敬春の声に、憤りがこもる。

「舐められて、指で弄られて……」

とても気持ち悪かった。

怖かった。

操は心の中で呟く。

久光が操にしようとしたことと、敬春が今操にしようとしていることは、同じことのはずだ。

けれども、久光に感じたような強い拒絶を、敬春相手には感じないのはなぜだろうか。

「操のここは、弄りやすい大きさだからな」

尖った乳首の先端を、爪で弾かれる。

「あうっ」

操は声を漏らした。

「痛むか？」

痛みを与えられたと思ったら、敬春は指の腹で、そっと先端を撫ではじめる。

くすぐったくて、操は身を竦めた。

「色は薄いままなのに、大きくなったな。もっとも、吸っているうちに真っ赤になるんだが」

「……っ……あ……」

敬春は、操の乳首を弄っているのが好きなようだ。

必ずそこに触れてくる。

操の前立腺を弄る動きと、乳首を弄る動きとは、まるでユニゾンのように重なっていた。

両方とも、感じてどうしようもない場所だ。

快楽が、操の全身を舐め尽くそうとしていた。

「……っ…あ……」

中を弄られるだけで、射精への欲求が操を突き上げる。

どんな男でも、こんなふうになるのだろうか。

「……ふ…ぁ……ん……」

口唇が、閉じられない。

だらしなく半開きになった口元を、敬春は舌で舐めた。

「気持ちがよくて、仕方がないっていう顔だな」

舌の動きにさえ感じてしまい、操は背筋を震わせた。

「もっと感じるんだ、俺を」

呟いた敬春は、操の中に含ませていた指の本数を増やした。

二本。

その指は中で細やかに動く。

ばらばらに動かされると、そこを大きく広げられるようで、背筋がぞっとするほど気持ちがよかった。

「……っ…う……」

こみ上げてくる快感を抑えきれず、操は思わず腰を揺らしてしまう。

勃起した性器をどうにかしてほしくて、たまらない。

この三日というもの、そこは散々敬春に苛め尽くされた場所だった。

とても弱い場所だ。

本当は、優しく扱って欲しかった。

溢れた蜜が、敬春のたくましい腹部に痕をつける。

とても淫らな、透明の痕を。

「硬くなっているな」

「……っあ」

操の乳首から手を放して、敬春は性器を探りはじめた。

「もう、ぬるぬるだ」

「……っ…ふ……」

敬春は、ぐりぐりと先端を親指で擦る。

ぬめりとともに指先が滑らかに動く、その感触がたまらない。

「あ……あぁ……っ」

敬春の手の動きは、操の体の形を確かめるようだった。

彼の欲望を追うというよりも、操がここにいる、彼の腕の中に戻ってきたのだと、再確認をしているかのようだ。

けれども操にしてみれば、焦らされているような気分になる。

「あ……もう……」

操は背中を反らせた。

「どうした？」

「……っ、ふ……」

足を敬春の腰に絡め、操は淫らに体を捩る。

腰を振って、彼を誘うように。

我慢できなかった。

早く達したくてたまらない。

お願いだから、我慢させないで。

もう達かせて。

無言でねだり続けていると、敬春は小さく笑う。

「俺が欲しいんだな？」

敬春は操の体内から指を引き抜くと、操の頬に触れてきた。

両手で顔を挟まれて、目の奥を覗き込まれる。

「欲しいと言え」

「……」

操は、口唇を噛み締める。

どれだけ欲しくても、言葉にすることはできない。

言葉にしてねだることができるくらいなら、とっくにそうしている。

「……言ってくれ」

口唇の端に、敬春はキスしてきた。

それを契機にするかのように、顔中にキスが降りはじめる。

額から鼻筋、鼻のてっぺんへと、順々に口唇を押し当てられ、操は熱い息を漏らした。

優しく触れられているだけなのに、感じてしまう。

顔は敏感だ。

キスに、マッサージされているような気分になる。

強張っていた表情が緩んでいく。

「ん……」

わざと口唇に触れない敬春は、小鳥が餌《えさ》を啄《ついば》むように操の肌を啄み続けていた。

こういうキスは好きかもしれないと、操はぼんやりと考えた。

「欲しいだろう?」

いつになく甘く囁かれて、操は吸い込まれるように頷いていた。

「欲しい……」

小さな声。

ろくに、敬春には届かなかったかと思う。

けれども敬春は優しげな笑顔になると、全身で操をくるみ込むように抱き締めた。

「……っ…あ……」

敬春は慎重に、操の中へと入りこんできた。

こんなに優しいセックスをされたことはないというくらいの、気の遣い方だ。

焦らされ続けた体は、先を急いでいた。

操が自ら腰を押しつけるのに、敬春はセーブする。

「……っ…ふ……ん……ふぁ……」

操は鼻を鳴らすように、甘い息を漏らした。

「子供みたいな表情をしているな」

敬春は、小さく呟いた。

「……懐かしい……」

なんのことだろうか。

操は、心当たりがない。

こんな淫らな行為を、子供の頃はしたことがなかった。

当然、敬春に懐かしいなんて言われる謂《いわ》れはないと思うのだが。

「あ……っ」

深々と、敬春が突き刺さる。

もう、余計なことは考えられない。

操は布団を握り締めていた腕を、敬春の背中に回した。

こうしてしがみついたほうが、楽になる。

ところが、覚悟していた激しい突き上げはなく、抱擁はどこまでも優しかった。

敬春は操の名前を呼びながら、何度も髪を撫でる。

怖くなかったか、痛い想いはしなかったかと、日頃の激しさは嘘のような優しい抱擁とともに、心配された。

キスが、雨のように降る。

緩やかな動きが焦れったくて、操は何度も腰を振った。

けれども敬春は辛抱強く、決して簡単には欲望を放たなかった。

何度も、穏やかな快楽の波が操をさらう。

「あ……っ」

じんわりと体を満たす快感は、やがて爆《は》ぜて、操を緩やかな絶頂へと導いた。

強く抱き合ったまま何度か達して、敬春は体を離した。

浴衣を体の上にかけられた操は、ゆっくり起き上がる。

敬春は、軽く服装の乱れを直していた。

どこかに行くつもりだろうか。

「……どこへ？」

「母屋だ。腹が減った。食事をもらってくる」

「待って」

操は気だるい体を起こして、きちんと正座をする。

「……今まではあなたに圧倒されて、とてもあなたが怖くて、俺はいろんなことをうやむやにしていたけれども……。これだけは、うやむやにできないことだと思うから」

操の言葉に、敬春は手を止めた。

「どうして、俺の両親は殺されたんですか？」

「操……」

敬春は畳に膝をついた。

そして、眉を八の字に寄せて操の表情を覗きこむ。

「あなたは、知っていますよね？」

「……」

「久光さんのあの言葉……」

操は、一瞬息を呑みこんだ。

「俺の両親は、軌条会に粛正《しゅくせい》されたということですか？」

敬春は、じっと操を見つめた。

操は負けないという強い意志を込めて、敬春を睨みつける。

「本当は、俺も殺される予定で……」

言葉にすると、それが全ての答えだという気がしてくる。

操が、まるで捕虜のような軟禁生活を受けていることも。

両親の死の理由が、ひた隠しにされていることも。

「どうして……」

操は、そっと口唇を噛む。

「殺したければ、殺せばよかったのに。こんな生活を続けさせるくらいなら……。それとも、これは恩情のつもりですか？」

「……違う」

敬春は低い声で呟いた。

「おまえに恩情をかけているつもりはなかった」

敬春は、操の顎を摘み上げる。

「離してください」

操は敬春の手を払おうとした。

ところが敬春は、その手首をきつく握り締める。

「離してください。これ以上、両親の敵に身を任せていたくない」

「正確に言うと、俺はおまえの両親には手を下していないんだが……」

敬春は、皮肉げに笑う。

「助けられたかもしれないのに助けなかったという点では、同じことだな。俺は、柚木組長夫妻を、見殺しにした」

「……っ」

口腔を貪られそうになり、操は咄嗟に敬春に嚙みついた。

けれども、血の味がするキスは終わらずに、敬春は悠々と操の小さな口の中を蹂躙し続けた。

口唇が離れた途端、口の端から血が入り混じった唾液が溢れる。

「……っ……ふ……」

「おまえに、両親の敵だと思われたくはなかった。だが、もう手段は選ばない」

手の甲で口元を拭った操を、敬春は背中がしなるほど強く抱き締めた。

「敵に弄ばれて悔しいと思うなら……。俺を殺せ。そのために、生きろ」

敬春は、操の体を揺すぶりながら、低く呟いた。

「生きていてくれれば、それでいいから。もう、それ以上を望むのはやめる」

「敬春さん……？」

敬春は操の細い髪を、しきりに掻き混ぜた。

「おまえが生きたいと願う力になるのであれば、俺を……！」

「……あなたは、いったい……」

操は敬春の体を探るように、両手を動かした。

そのたくましい胸元を、首筋を、そして精悍な頬を。

「どうして、俺にそこまで執着するんですか？」

「……なんだ、聞きたいのか」

敬春はうっすらと嗤う。

「おまえはきっと後悔するし、絶望すると思うが」

「どういうことですか」

敬春の鋭い眼差しを受けとめて、操は目を眇める。

何度も体を重ねた男の真意を、探るように。

「おまえにとっては、最悪の宣告だと思うが」

操の頬や髪をまさぐりながら、敬春は呟く。

「……愛している」

その声は低く、ゆっくりと操の心に沈み込む。

「ゆき……はるさん……？」

心の奥底に、その言葉がようやく届いた時、操は呆然と彼の名前を呼んでいた。

とても信じられない。

敬春が操を愛している？

今まで繰り返されたあの陵辱を、息が詰まるほどの拘束を、愛情だと思えと言うのだろうか。

そうだとしたら、敬春は酷く歪んでしまっている。

いったい、どうして……？

操は、信じられなかった。

一年前までの彼に、そんな歪みはなかった気がする。

それとも、操が気づけなかっただけなのだろうか。

「だから、おまえがどれだけ泣き叫ぼうと、俺はここから出すつもりはない。おまえを、愛しているからな」

閉じられなくなった操の口唇の上を軽く吸って、敬春は嘯《うそぶ》く。

「おまえがどう思おうと、俺の気持ちは変わらない」

そう呟くと、敬春は立ち上がり、今度こそ外に出ようとした。

「待って、敬春さん！」

話はまだ終わっていない。

ようやく敬春が本音を零しはじめたというのに、ここで彼を逃したら、元も子もないような気がした。

「どうして……。どうしてなんですか！」

敬春は、操の疑問に何一つ答えようとしない。

操だけを離れに残して、玄関の鍵がかかる音がする。

「敬春さん！」

操は敬春の名前を呼びながら、玄関を叩いた。

彼はきっと、暫く戻らないだろう。

最後に敬春が残した表情は、一人残された後まで胸に痛い。

とても苦しそうな顔をしていた。


敬春は、両親に直接は手を下していない。

けれども、「助けられたかもしれないが見殺しにした」と言っていた。

これは、どう考えればいいのだろうか。

操は寝室の片隅に蹲り、体を胎児のように抱え込んでいた。

柚木組の壊滅が軌条会の……さらに上部組織である東雲組の思惑だとしたら、いくら敬春が父親を凌ぐ権力者とはいえ、操の両親を助けることはできなかっただろう。

それにしても、あの両親が、上部組織に抹殺されるような真似をするとは思えない。

極道というにはあまりにも、普通の人たちだった。

組の財政状況も、そんなにいいものではなかったらしいと、操は聞いていた。

一人っ子の操の進学費用さえ、母親が必死で捻出してくれたようだったからだ。

操は、スナックを経営していた母親が、大切にとっていたブランド品を質屋に持っていく姿を、何度も見てしまっていた。

そのたびに、胸を痛めたものだ。

どう考えても、柚木組には潰されるだけの価値もないような気がするのだが……。

目を閉じる。

生きていた頃の両親の姿を思い出そうと、操は努力した。

けれども、無理だ。

血まみれになっている両親の姿しか、思い浮かばない。

きっと、両親がなぜ死んだのか、誰が敵なのかということを知るまでは、想い出の中の両親は操に微笑みかけてくれないのだろう。

けれども、操は外部からの情報を遮断されている。

敬春をどうにかしないことには、真実を知ることは不可能だ。

「敬春さん……」

操は、口唇を嚙み締める。

敵だと思っても、いいと言っていた。

憎いなら殺せばいいと。

そのかわり、操には生きろと……。

——愛している。

操は耳を塞いだ。

あの真摯な言葉は、鼓膜にこびりついている。

愛されていたとは、とても思えない。

いつだって敬春は、操を踏みにじった。

辱めを受け続けた、あの記憶は敬春の言葉を裏切っている。

殺せばいいというのならば、望み通り殺してやりたいほどだ。

口唇を貪ってきたら、その舌を食いちぎって……！

けれども、そこまで考えた後、操は激しい虚脱感に襲われた。

操には無理だ。

敬春の血が口の中に溢れたら、操はきっと怯んでしまう。

そのまま、力を込めていることができなくなるだろう。

思い出すのは、操を外に連れだしてくれた時のことだ。

あの時の敬春からは、確かに愛情を感じた。

激しい束縛は歪《いびつ》かもしれないが、彼なりの愛情なのだと。

「……っ」

操は、拳を畳に打ち付けた。

わからない。

操は、敬春が憎いのだろうか。

それとも？

彼が示したささやかな愛情の欠片が、操の感情がどす黒く染まっていくのに歯止めをかける。

憎みきれない。

殺せない。

操がどう思っても離さないという、敬春の狂気にこの時点で負けている。

操に告白したあの時、敬春の黒い瞳はとても澄んだ色をしていた。

自分の信仰のためにならば迷いなく死んでいく狂信者も、ああいう眼差しをしているのかもしれない。

操は丸まったまま、目を閉じる。

瞼を閉じても、まだ敬春に見つめられている気がした。


横になった途端、操はうたた寝をしてしまったらしい。

目を覚ますと、障子越しの日が翳っていた。

敬春が戻ってきた形跡はない。

母屋で食事をして、心を落ち着かせているのだろうか。

彼もまた、感情的になっていたから。

操は、浅い夢に戯《たわむ》れるように、もう一度目を瞑る。

激しくても穏やかでも、セックスは操の体力を確実に削っていた。

しかし、横になっていた操は、きな臭い臭いで目を大きく開けた。

「いったい、何……？」
操は手早く服装を直す。
寝室の外は変化がない。
操は、居間に出る。
そして、障子を見て驚愕した。
障子には、赤々とした炎が映っていた。
「嘘……っ」
火事だ！
操は慌てて、障子を開ける。
強化ガラスはまだ落ちていなかったが、離れの周りをぐるりと炎が囲んでいる。
おまけに、その炎の向こう側には、さらに別の炎が……母屋も燃えている！
「あ……」
操は、喘ぐように声を漏らした。
内側から、この離れの鍵は開かない。
操は、逃げられない。
操は慌てて、玄関に走った。
やはり、扉は開かない。

「出して！」
操は叫んで、玄関を拳で叩いた。
死んでもいいと思った。
こんな生活を続けるくらいなら、殺せとも言った。
けれども、いざ死が目の前に迫ってくると、思うのは『生きたい』という願いだけだ。
「開けて、ここから出して！」
どうして、誰も来てくれないのだろう。
いつもこの離れについている、組員はどうしたのだろうか？
「敬春さん……？」
操は玄関に縋りつくように、その場に倒れこんだ。
敬春は、どうしたのだろうか。
彼が無事なら、まず操のところに来てくれそうなのに。
何かあったのだろうか。
操の顔からは血の気が引いていく。
一年前のことを、思い出した。
朝、出かける時には元気だった両親が、家に帰ったら物言わぬ死体になっていた。
あの日の恐怖が、蘇る。

「いや……っ」

あんなふうになったら、もう操は敬春と話もできない。

「敬春さん、敬春さん！」

操は敬春の名前を呼びながら、扉を叩いた。

「……敬春さん……！」

扉は既に、炎に煽られて熱くなっていた。

打ち付ける拳まで熱されて、火傷をしそうだったけれども、操は手を止めなかった。

火に煽られて建材が脆くなっているなら、ここから出ることもできるかもしれない。

「敬春さん……！」

声を張り上げて、闇雲にドアを叩いていると、めりっと音を立てて木が崩れ落ちた。

「……！」

しかし操は、思わず顔を庇うように腕を前にやり、一歩下がった。

灯油でも撒かれたらしく、すでにそこは炎の海だ。

おまけに、扉が外れたせいで、炎が離れの中にまで入ってきてしまっている。

「……！」

操は熱に耐えきれず、慌てて部屋の中に逃げ込んだ。

「う……っ」

肺に思いっきり煙を吸い込んでしまったらしく、操は何度か咽せる。

息が苦しい。

意識が薄れていく……。


「操！」

名前を呼ばれて、操はふと我に返った。

「よかった、無事だったか！」

操の肩を強く揺さぶっていたのは、敬春だった。

炎が激しく燃える音が、聞こえる。

目を開けると、瞼の裏まで真っ赤に染まった。

「……ゆきはるさん……？」

操は苦しさのあまり咳を何度も繰り返してから、ようやく彼の名前を呼べた。

敬春の精悍な頬は煤《すす》けてしまっている。

炎をかいくぐってきてくれたのだろうか。

「どうして……？」

「すまない。母屋に行った途端、後ろから殴りつけられて……。気が付けば、炎の中だった」

敬春は、舌打ちをする。

「立てるか、操。水はかけたから、早く逃げよう」

操が意識を失っていたのは、ほんの一瞬だったようだ。

操は、奥の寝室で倒れていたらしい。

「水、ですか？」

そういえば、髪や浴衣が濡れている。操は、首を傾げた。

どうして？

「この炎を、抜けなくてはいけないからな」

壁材をも燃やし尽くそうとしている炎を睨みつけて、敬春は呟いた。

「……炎……」

操は、思わず息を呑んだ。

「怖くない、俺がおまえを抱いているから」

敬春は呟くと、操を抱え上げるように立ち上がる。

そして、崩れかけていた壁材を倒すと、一瞬だけ炎が散った隙をつくかのように、操を抱えて外に走りだした。

外には、既に消防車が来ているようだった。

回廊の内側、つまり離れの辺りから燃えたらしく、まだ母屋の表側からは火の手は上がっていなかった。

「会頭、操さんもご無事でしたか！」

いつも操について歩いている組員が、表に駆けだした操と敬春の姿を見て、ほっとしたように息をついた。

久光を退けた今、名実供に敬春が軌条会の会頭だ。『会頭』と敬春が呼ばれることに、操は違和感があるけれども、敬春は既にその地位に長らくいる人のような風格を身につけていた。

「みんな、無事なのか」

敬春は、辺りを見回す。

「……蝶子さんがいないようだが」

敬春の横顔が緊張しきっている。実母であると同時に、軌条会の影の実力者である彼女を、敬春は以前から敬愛していた。

「大姐《あね》さんのお姿は先ほどから見えず、私共も探していますが……」

「操を頼む」

敬春は、操を組員の手に預けた。

「煙を吸ったようだから、救急隊員に診せてくれ」

「会頭、どちらへ！」

「蝶子さんを探してくる」

「お待ちください、自分が……」

「大丈夫だ。無理はしない」

敬春は会話をする時間ももったいないとでもいうかのように、消防署の人間の制止も振り切り、母屋に戻っていってしまう。

「敬春さん……」

操は祈るように、手を握り合わせた。


消防車は何台も出ていたが、消火活動は上手くいかないようだった。

春の強風の影響なのかもしれない。

操は組員に付き添われていたものの、敬春が戻ってから三分ほどして、母屋の屋根が崩れ落ちたのを見た瞬間、居ても立ってもいられなくなった。

「……！」

操は組員の手を払い、駆け出そうとする。

「いけません、操さん！」

名前も知らないその組員は、懸命に操を止めてくれた。

「会頭からのお達しです。ここでお待ちください！」

操を押さえた彼は、周りの組員に言う。

「おい、誰か様子を見てきてくれ」

その言葉に反応して、周りの組員が燃える家の中に駆け込もうとする。

消防隊員が彼らを制しているが、組員たちも必死だった。

敬春は、部下に慕われているのだろう。

固唾を呑んでいた操の耳に、どさっと、建材が崩れる音が聞こえてきた。

心臓が縮こまり、もうその場でじっとしていることもできなくなる。

「操さん！」

名前を呼ばれて、強く引き留められたけれども、操の足は止まらなかった。

「敬春さん……！」

操は名前を呼びながら、燃える家の中に再び駆け出していった。

消化剤を浴びて炎が燻《くすぶ》っているところもあれば、まだ燃え盛っている部分もある。

煙に咽せながら、操は家の奥へと歩いた。

他の組員たちは消防士に見つかって表に出されたのか、それとも違うところにいるのか、全く姿を見ない。

敬春は、どこに行ってしまったのだろうか。

操は胸騒ぎを抑えることはできず、屋根が崩落したほうへと歩いた。

不意に、操の耳が猫の鳴き声のようなものを捉えた。

子猫だ。

操は思わず、鳴き声に吸い寄せられるように駆けていってしまう。

「……！」

まだ炎が燃えているその場所で、操は倒れている敬春を見つけた。

背中に角材が落ちてきてしまったらしく、意識を失っているようだ。もしかしたら、煙を吸ったのかもしれない。

彼の傍らには、小さな猫がいる。

いつか、操が助けられなかったと悔やんだ猫だ。

自分の身の上に、とことん嫌気が差したきっかけでもあった、あの……。

「どうして……？」

子猫の首には、鈴《すず》がついている。

きちんと、飼われていたらしい。

操は思わず、猫を抱き上げて、敬春を見下ろした。

炎は辺りに迫っている。

助け出さなかったら、敬春はこのまま焼け死んでしまう。

そうしたら、操は解放される。

恐ろしい考えが、頭の中に忍び込む。

敬春の過剰すぎる独占欲から解放されるには、操か敬春のどちらかが死ぬしかないような気がしていた。

けれども……。

操は身じろぎ一つしないで、敬春を見下ろしていた。

操の腕の中では、猫が小さく鳴いている。敬春を見つめ、甘えるように。

この猫を助けてくれたのも、敬春なのだろうか。

（俺には、何も言わなかったのに……）

炎が迫ってくる。

操は、その場に膝をついた。

胸の中が一杯になってしまって、こみ上げてくるものがあった。

どうして敬春はいつも、操のために何かをする時でも、何も言わずに実行するのだろうか。

彼の精一杯の優しさを、操はいつも気づくのが遅れてしまう。

「……っ…」

敬春が、小さく身じろぎをした。

その口唇が、三文字の言葉を紡ぐ。

声にはならなかったが、操にはそれが何かわかった。

『みさお』

何度も呼ばれた名前だ。

服従を要求する時にも、気まぐれのように優しく触れてくる時にも、不安そうに掻き抱く時にも。

こんな時にまで、敬春が呼ぶのは操の名前なのだ。

それに気づいた途端、操はたまらない気分になった。

このまま、敬春を失いたくなんかない！

「おまえは逃げて……」

操は、そっと猫を床に離す。

「いい子だから……。あっちに行くんだよ」

まだ火の手が回っていない方向を指し示すと、操は猫を促した。

子猫は小声で鳴くと、鈴の音をさせながら駆け出していく。

「敬春さん……」

操は、敬春の上に落ちている壁材を手でどけはじめた。

熱で炙られた木材は熱くなっていたが、構わなかった。

掌をひりつかせながらも、操は敬春の上に被さっているものをどけていこうとする。

けれども、操一人ではとても間に合わない。

炎は、すぐそこまで迫っていた。

頬や髪を煽られるが、操は敬春を置いて逃げるつもりはなかった。

「誰か！　誰かいませんか！」

喉が焼けるのも気にせずに、操は声を張り上げる。

「誰か、敬春さんを助けて……！」

悲鳴のような声に答えるように、誰かの足音が聞こえてくる。

消防士だった。

「大丈夫ですか！」

声をかけられた操は、敬春に縋りつきながら言った。

「どうか、この人を助けてください！」

どうして、自分がこんな一生懸命になっているのかもわからない。

けれども、このまま敬春を失いたくない。

彼ともう一度話をしたい。

その想いだけで、胸が一杯になる。

「どうか……」

自分でも信じられないことだが、操は泣いていた。

# 6

軌条家はほぼ全焼。

そのため、操たちのように軌条家に住んでいた人間は全員、東雲組の本家に移された。

東雲組は、敬春の母、蝶子の実家だ。蝶子も敬春と入れ違いで助け出されたようで、一緒に東雲組の本家に移っている。

操は敬春と同じ部屋を与えられ、彼の傍で寝起きすることになった。

もっとも、敬春は火傷と焼けた肺と喉の治療をするために、三日ほど病院に入院することになってしまったので、まだこの部屋にはいない。

操は一人だけ奥の間に軟禁された。

部屋のすぐ外には護衛がついている。

たとえ軌条家を出ても、生活は変わらないようだ。

操はさすがに大学に行く気にはなれず、かと言って病院に行くことすら止められて、自分自身の体を診てもらう時には東雲組のかかりつけの医者を呼んでもらっている状態で、見知らぬ部屋の中で小さくなっていた。

操以外の人間は、この事件の後始末で走り回っているだろう。

操には、全く状況が見えない。

ところが、夜半過ぎ、思いがけない人が操のもとに顔を見せた。

「まだ起きていたのね。明かりがついているという報告を受けたから、様子を見に来たのだけれども……」

「大姐さん」

操は、きちんと正座をして、畳に手をついた。

突然の来訪者は、蝶子だった。

女丈夫として知られている彼女は、昼間の火事の名残もなく、きりっとした和服姿になっている。

操が彼女とまともに顔を合わせるのは、両親の葬式以来かもしれない。

「……全く、うちの人も、最期の最期でいらない度胸を見せた……というところね」

蝶子の言葉に、操は思わず顔を上げる。

蝶子は、操の前に端座《たんざ》した。

「うちの人が、息子に実権を取られた腹いせに、火をかけたようです」

「会頭……いえ、前会頭は、それで……」

蝶子は、ぞっとするほど凄惨《せいさん》な笑みを見せた。

「もちろん、責任は取らせました。当然でしょう。このような内紛を起こすとは、軌条会の名折れです」

操は息を呑む。

「……大姐さんは、ご無事で……」

「野暮用を済ませるために、外に出るのが遅れました。そのせいで、会頭とあなたには迷惑をかけたわね」

婉然とした態度を崩さないまま、蝶子は言う。

「……あなたは頭がいい子ね。それ以上は、言葉にしなくてもいい」

「はい……」

蝶子は、操が言いたいことなんて、何もかもお見通しらしい。

彼女が、久光を始末したのだ。

女丈夫として知られた人だということは、操も知っていた。

しかし、これほどとは……。

操は、黙って彼女を見つめることしかできなかった。

敬春は、まさしく彼女の息子なのだと思う。

これほど気性が激しい女性を、操は見たことがない。

「……暫くあなたには、ここで仮住まいをしてもらいます。三日もすれば敬春も来るから、寂しくはないでしょう?」

蝶子は、皮肉っぽくつけ加える。

「それとも、暫くは独り身を満喫したい？」

「あ、あの……」

もちろん、敬春と操の関係は蝶子も知っている。

操は頬を染めてしまった。

「……俺は、ここで敬春さんをお待ちします」

小さく呟くと、蝶子は目を細めた。

「それがいい。あなたは人目につくとまずいから」

実質、執条会の実権を握っていたとも言われる蝶子だ。

きっと、柚木組の壊滅の秘密も知っている。

操は思わず、彼女の前に深々と手をついていた。

「大姐さん、お願いがあります！」

「……なにかしら」

「柚木組のことです」

操は額を畳に擦りつけるようにしながら、言った。

「どうか俺に、本当のことを教えてください」

「……それは、どうしようかしら。困ったわね。敬春は、何も言わないのでしょう？」

「そうですけど、でも……！」

操は顔を上げない。

そのまま、必死で頼みこむ。

「俺は知りたい。どうして両親が死んでいったのか。そして、どうして敬春さんが、俺にこんな生活を強いるのか……」

「あなたを囲ったのは、敬春の趣味でしょう。……軟禁したのは、必要に迫られてだろうけれども」

蝶子は、笑みを含んだ声で呟いた。

「もっともあの場合、あなたが敬春に囲われることで、柚木組の残党もあなたの命も救われたのだから、我が息子ながらたいした肝だわ。判断する時間も、ほとんど与えられなかったのにね……」

「大姐さん……」

「顔を上げなさい、操さん」

蝶子に促されて、操は顔を上げた。

蝶子の赤い口唇は、笑みを含んでいる。

「ああ、本当に綺麗な子ね。少し窶《やつ》れているところが、また色っぽい……。敬春が、夢中になるのもわかります」

彼女は長い指先で、そっと操の頰に触れた。

この指が、冷静に夫の命を奪ったのだとは思えない、たおやかな指先だった。

人の命を奪うことに痛みを感じない鬼《おに》のような一面と、情が深い一面。彼女は、両方隠し持っている。

彼女の息子である人も、そうであるように。

「私の息子を、愛せない？」

母親の顔になり、彼女は問う。

「え……」

「あの子は、あなたを愛しています。自分自身の存在を懸けて。それだけは、信じてやって」

指先で操の頰を撫でた蝶子は、穏やかに微笑んだ。

「今、私が言えるのはそれだけ。あとは、あの子自身に聞きなさい」

「大姐さん……」

操は言葉に詰まる。

愛せないのかという問いかけには、答えることができなかった。

敬春は、予定より一日早く退院してきた。

包帯だらけの体だが、元気そうだ。

いろいろと事後処理があるらしく、操のいた奥の間の隣に執務室を設けて、慌ただしく打ち合わせやら連絡やらを取り合っているらしい。

火事の事情聴取からは東雲組の力があっても逃れられず、警察が何度も出入りしていた。

東雲家は軌条家以上に広大な屋敷で、軌条家の人間が使っているのは奥の別棟ということもあり、ほとんど東雲組の組員の気配は感じない。

見知った人間ばかりということに、操は少しだけ安心していた。

退院してきたその日、結局敬春が操の傍にやってきたのは、夜になってからだった。

「警察の連中は、同じことばかり聞くんだな。さすがに飽きた」

事情聴取を、敬春は連日受けているようだ。

ぽつりと呟いた敬春は、座って本を読んでいた操の傍らに横になる。

そして、目を閉じてしまった。

敬春は、本当に整った顔立ちをしている。

そういえば子供の頃、彼の顔を見るとどきっとしたのは、醸し出されていた威厳のせいでもあったのだが、この整った顔のせいもあるのだろうと操は思った。

「……家は、急ピッチで直している。それまでは不便だと思うが、ここにいてくれ。それから、大学も暫く休んでほしい。人手を回せるようになったら、すぐ通学できるように手配する」

目を閉じたまま、敬春は口だけ動かす。

その表情は、壁材の下敷きになって気を失っていた時の彼を、操に連想させた。

「敬春さん……」

操はぽつりと呟くと、そっと敬春に指を伸ばしかけた。

けれども、触れかけた瞬間に我に返り、指を引っ込める。

とても気恥ずかしい気分になった。照れて誤魔化すように、操は事務的な話題を口にした。

「……久光さんは、亡くなったそうですね」

「蝶子……大姐さんに聞いたか」

「はい」

「焼死だ」

敬春は呟く。

「不幸にも、家具が体の上に倒れてきて逃げ出せなかったのだろう」

「不幸、ですか」

それが誰の手で演出された不幸なのか、操は考えて背筋を震わせた。

自分が身を置いているはずの世界に、どれだけ馴染めていないのか、痛感する。

「……忘れろ、操」

敬春は呟く。

「おまえは、両親によく似ているな」

「え……」

敬春は体を起こすと、操の膝の上に頭を乗せてきた。

はね除けることもできず、操は膝に置いていた手の行き場に迷う。

すると、畳をさまよっていたその手を、敬春が握った。

「おまえの両親も、極道として生きていくにはまともすぎた。この世界で食っていこうとするなら、多少なりともイカレていなくてはやっていけない」

「……大姐さんに、お尋ねしたら、両親のことはあなたに聞くようにと言われました」

敬春の手は、包帯がまかれていた。

どの程度の火傷だったのだろうか。

痛みを与えないように、操はそっと握り返す。

「答えてくれますか？」

尋ねると、敬春は暫く悩んでいるようだった。

「何を聞いても、俺はあなたから逃げません」

操もまた、悩みながら言葉を重ねる。

「憎しみでも、なんでも、こうして……」

操は、繋げていた手をかざす。

「繋がっているでしょう？」

「操」

敬春は、驚いたように目を大きく開いた。

そして、
もう一方の手で操の頬に触れる。

「……おまえには、あまりいい話ではない」

「覚悟しています」

「そうか……」

敬春は、深く息を吐いた。

「柚木組の資金繰りが苦しかったことは、知っているか？」

思いがけないことを、敬春は尋ねてきた。

「家計はあまり豊かではなかったと思いますが……。その、組にも資金力はなかったし」

質屋に通っていた母親の姿を、操は思い出す。

敬春は、眉を寄せた。

「その上、事業に手を出して、失敗した」

「えっ」

「カラオケボックスの経営だった。……組員を全員カタギに戻して、養うために」

悼ましげに、敬春は操を見つめた。

「……！」

操は息を呑む。

そして、まじまじと敬春の顔を覗きこんでしまった。

「それ……は……」

「おまえの両親は、組ごと足抜けをしようと考えていたんだ」

「なぜ……」

「……おまえと同じように、彼らも極道には向いていなかったということだ」

操は、口唇を嚙む。

その通りだ。

けれども、両親が足抜けを考えていたなんて、想像もしていなかった。

しかも、ただ組を解散するだけではなくて、組員の今後も考えて、事業をしようとしていたなんて……。

胸が熱くなる。でも、とても両親らしい。組員の生活を、貧しい台所事情をやり繰りして最期まで面倒を見てたくらいなのだ。とても優しい人たちだった。

「返せる宛てのない借金の穴埋めに、彼らはまずい相手と関わってしまったのが、全ての始ま

りだな」

「まずい相手……？」

「上海《シャンハイ》」

敬春の言葉に、操は黙りこむ。

東京には今、いろいろな国々から裏社会の人間が潜りこんできている。

密入国で一躍脚光《いちやくきゃっこう》を浴びた組織を初めとして、中国大陸の人間は特に多い。

彼らは組織をつくり、勢力を広げている。

「東雲組系列では、外国組織との金の貸し借りを禁止している。奴らを、肥え太らせてやることはないからな」

「……だから、粛正されたんですか？」

操は、敬春の手を握る指先に、少しだけ力をこめた。

「違う」

敬春はあっさりと、それを否定する。

「返済でトラブルを起こしたおまえの両親は上海の連中に粛正された。……そして、父はその情報を事前に入手していながら、黙殺した」

「なぜ……っ」

「見せしめだ。中華系に金を借りると、こうなるという、な」

敬春は、真っ直ぐに操を見据えた。

「そして、奴らはまだ、おまえに借金を返させることを諦めていないようだ」

「……！」

操はさすがに表情を強張らせる。

「おまえをお飾りの組長にして組を再編させて、自分たちの手足として働かせることで、元を取ろうとしている。本当は、柚木組も全員が死んだわけじゃない。残党は軌条会が自分たちを見捨てたことに気づいているから、おまえを旗印にして弔い合戦を企んでいるという情報もある。おまえは、存在自体が危険なんだ」

「そんな……」

操は言葉もなくす。

しかしこれで、過剰なほどの護衛が自分についている理由が、操にもようやくわかった。

彼らは、操の脱走を監視しているわけではない。

操を奪おうとする人々から、操を守っているのだ。

敬春が、操を外に出す時には、なるべく人目を避けたがるのも当たり前だ。相手が相手だけに、神経質になっていたのだろう。

大陸の組織は、何をするかわからない怖さがある。そして、柚木組の組員が生き残っているなら、自棄になったような復讐を企む可能性だってあるのだ。

「……面倒の種を潰すために、おまえも一緒に見殺しにしろという意見も出ていた。面倒くさがり屋の幹部連中を黙らせるには、おまえが完全に無害に……。両親の復讐もせず、新しい組長にもならず、中華系の連中に引き込まれもせず、一生涯大人しく暮らすのだという証明が必要だった」

敬春は、淡々とつけ加える。

「おまえを無力な女にすると、俺は幹部連中に宣言した。東雲組の組長にもだ」

操は目を閉じる。

一年前のことを思い出した。

操が敬春に陵辱された時、確かに東雲組や軌条会の幹部たちが操を見に来ていた。

あれは、敬春が本気かどうかを確認していたのだ。

操が本当に、敬春の女になったかどうか。敬春に体を預けて生きることになったのだと証明するために、操はあの恥ずかしい姿を幹部たちの前に晒されたのだ。

そしてあの瞬間から、操は敬春に背負われるように生きている……。

全く、気づかなかった。

操を抱え込むことが、敬春にとってどれほどのリスクだったのだろう。

大陸の人々は、理屈が通じない、荒っぽい面も持っているという。

彼らを敵に回す覚悟、そして少なからず幹部たちの失笑を招く覚悟を、あの時の敬春はしていたのだ。

それも全部、操を守るためだけに。

言葉にできないほどの強い想いが、操の胸を揺さぶる。

どうしたって、敬春にされたことをみんな許せるはずもない。忘れられもしない。

けれども、それらの記憶を抱えてもなお、操は敬春に惹かれていた。

その、孤独なほどの強さに。

「……操は、抗争の犠牲者を見たのは、あの時が初めてか？」

敬春は、ふと口調を変えた。

「はい」

操は小さく頷く。

「俺は、初めてじゃない。俺を守って死んでいった組員もいた」

敬春は、らしくもない感慨深い声になる。

「……」

敬春は操の顔を不自由な指で撫でた。

火傷のせいで、引き攣れたような動きだ。

「本当に、死んだら人間は終わりだと思う。だから、おまえが生きてさえいてくれれば、俺はもうそれでいい。そういうつもりで、おまえを引き取った」

「敬春さん……」

「敵と思われても、俺を憎んでいても、それでも……」

頬を探っていた敬春の手が、畳の上に落ちる。

包帯の感触が離れていくのを、操は寂しく感じていた。

(憎む?)

操は、敬春の言葉を反芻する。

確かに、敬春は操の両親を見殺しにした敵だと言えるかもしれない。

しかし、彼は弁解がましいことを言わないけれども、当時の彼の立場では、操一人を助けるのが精一杯だったのだろう。そんな彼を、憎むなんて……。

操は、彼をどう思えばいいのだろうか。

彼にはさんざん、辛い目に遭わされた。

自由を奪われ、体を踏みにじられた。

それでも忘れられないのが、彼なりに操を気遣ってくれていたことだ。大切にしようとしては、意地を張る操とぶつかっていたことも。

「敬春さん……」

操は、敬春が畳の上に落とした手を握り締める。

敬春が、真っ直ぐな眉をわずかに寄せた。

少し、痛かったのかもしれない。

操は慌てて力を緩めようとするが、逆に敬春が思いがけない強さで操の手を握った。

「憎まれても、俺はおまえを解放できない」

真摯な黒い瞳に吸い寄せられるように、操は顔を近づける。

「どこにも行かせられない」

「……」

操は敬春の表情を覗き込む。

軌条の家から連れてきたあの子猫が、小さく鳴いた。

この子猫を助けた顛末を、操は寒江《さむえ》という組員に耳打ちされている。彼は操の護衛の一人だ。烏に襲われて怯えていた猫が軒下に逃げこみ、帰宅後それに気づいた敬春が、こっそり拾っていたのだと。

操が気にしていたと寒江たちが告げると、敬春は迷わずその猫を母屋で飼うことにしたらしい。

あの猫を見つけた時、操が猫に気を取られ、久光と接触する隙ができてはいけないと、寒江たちは強引な態度を取ったようだ。申し訳なかったと、あらためて詫びの言葉をもらっている。

猫を保護したことなんて、敬春は一言も口にしなかった。言ってくれたら、操の態度も軟化したかもしれないのに。

敬春は如才なく、年よりずっと大人びていると操は思っていた。

けれども、本当の彼はとても不器用だ。

人に優しくすることが苦手。

そして、弱みを見せるのも苦手……。

ふと、操は表情を緩める。

気づいたことが、あった。

「……敬春さん、俺に親の敵だと思われるのは、あなたでも辛かったですか?」

ひっそりと呟くと、敬春は不意を突かれたかのように目を見開いた。

そして、答えるかわりに顔を背ける。

操は、目を伏せる。

脳裏に浮かぶのは、今までの自分と敬春が積み重ねてきた時間だった。

「俺があなたを憎んでも、あなたは俺を愛し続けると言ったけれども、敵意を向けられるたびに、本当は嫌な想いをしていましたか……?」

操が反抗的な態度をとるたびに、敬春の扱いは手荒になった。

操には一切の反抗を許さない、あの態度。

傲慢なだけだと思っていた。

操を傷つける、酷い男だと思っていた。

けれども今、操はそれを敬春らしくもない弱気な姿として思い出すことができる。

この敬春が、操に憎まれるのだけは嫌がったのだ。

口ではどんなことを言っていたにしても、彼なりに気を遣って、あるいは強引に、操の口から罵られる機会を避けようとしていた。

操は敬春の額に前髪が落ちるほどの傍近くで、彼を見つめた。

こんなに静かな想いで彼を見つめるのは、初めてかもしれない。

子猫が敬春に近寄って、体を寄せる。

彼に懐いているようだった。

敬春は、黙り込んでいる。

操はそんな彼のこめかみに額をくっつけた。

温かい。

温もりはこんなにたやすく伝わるのに、言葉は伝わらない。

いつか、彼とわかりあえる日が来るのだろうか。

操は、素直に彼を受け入れられる日が来るのだろうか？

互いの息遣いと心音だけが、静かな部屋の中で大きく聞こえてくる。

愛せるのかという問いかけに、今は頷くことができない。

でも、まだ二人にはこれから先がある。

ずっと傍にいるのであれば……。
操は身じろぎ一つせずに、敬春の体温を感じていた。
これからも操は、こうして夜を過ごすのだろう。
命が続く限り。

7

操が大学に行ったのは、火事から二カ月後のことだった。

既に、季節は移っていた。梅雨は過ぎ、もう夏休みも近くなっていた。

その間に、操は一つの決意を固めていた。

前と同じように組員に挟まれて、操は歩く。

右にいる堅太りの組員は湯川《ゆかわ》。

左側には寒江。

彼らの名前は、この二カ月の間で覚えた。拒絶するだけでなく、歩み寄った証のように。

「……柚木じゃないか！」

名前を呼ばれて、操は立ち止まる。

顔を上げると、待田が駆け寄ってこようとしていた。

しかし待田は、湯川たちを見て立ち止まってしまう。

「……っと」

操は、微かに笑った。

「大丈夫だよ、待田。話をしても。……待田さえ、嫌じゃなければ」

「嫌なわけないだろ！」

待田は慌てたように手を振って、操に駆け寄ってきた。

「あれから、ずっと休みだったし……。心配で、俺……」

「うん、ありがとう。待田が心配してくれたことはわかってるよ」

操は、待田を安心させるように笑いかける。

「ごめんね、心配かけて」

「俺こそ、ごめん……」

呟いた待田は、組員たちを上目遣いに見た。

「……あの時は、すみません」

勢いよく頭を下げる待田は、本当に人がいいのだろう。

彼と知り合えてよかった。

操は、表情を綻ばせる。

「柚木は、これからは普通に大学に通えるのか？」

頭を上げた待田は、屈託なく話しかけてきた。

「うん……」

操は、少しだけ口籠もってしまう。

「柚木？」

「……ごめんね、待田」

操は、困ったように眉を寄せた。

「俺、これから休学手続きをしてくるんだ」

「え……っ！」

待田は驚きを隠せないようで、操の肩を摑んできた。

「どうしてだよ！」

「……これ以上、一緒に暮らしている人に迷惑をかけられないから」

操は、ぽつりと呟いた。

「ごめんね、待田。俺は逃げられないんじゃなくて、守ってもらっていたんだよ」

「柚木……」

操は鞄の中からスケジュール帳を取り出すと、一ページを引き千切り、メモ書きして待田に渡した。

「待田、これを」

「何これ？」

「携帯電話の番号。ようやく、持たせてもらえたから」

操は、はにかむように首を傾げる。

「会えないかもしれないけれども、電話くらいならできると思う。よかったら、話を聞かせて」

「柚木……」

待田はうろたえたような表情になった。

「それ、どういうこと？　俺が余計なことをしたからなのか？」

「違う」

操はじっと待田を見つめた。

「俺が、自分で決めた」

「でも、おまえ……」

「大学をやめるわけじゃない。身の回りが落ち着いたら、また復学するよ。……ただ、待田が卒業する前に復学できるかどうかは、わからない」

その言葉に、待田の顔つきは悲壮なものになってしまった。

「何か、ものすごく大変なことに巻きこまれているのか？」

「ううん。前から巻き込まれていたのに、気づかなかっただけなんだ」

操はそっと待田の手を握った。

「待田、元気で。また会えたら嬉しい。いつになるか、わからないけれど」

小さな声で、操はつけ加える。

「俺のこと、覚えていてね」

「あったりまえだろ！」

待田は目元を腕で擦るような仕草をする。

どうやら、泣いているようだった。

「俺、あんなにマメに手紙を書いたの初めてだよ。彼女にだって、したことがない……」

「……ありがとう」

想いを込めて、操は呟く。

彼のおかげで、操の大学生活には、いい想い出も残った。

彼の軽率な行動が操を危機に陥れたのは確かだが、恨んではいない。

操はもう一度だけ待田の手を握ると、名残惜しげにその手を放した。

そして、彼を残してその場を去ろうとする。

「よろしいのですか？」

寒江が、そっと操に耳打ちをしてきた。

「ゆっくりお話をされるのでしたら、お時間はあるかと思いますが」

「……いいえ」

操は、ゆるく頭を振る。

「俺と親しげにしているところを、待田はあまり人に見られてはいけないと思います」

「操さん……」

寒江は、微かに表情を曇らせた。

「……賢明な、ご判断です」

「……行きましょう」

操は寒江と湯川を促した。

休学の手続きをするために、大学の事務室へ。

もしかしたら復学することはなく、今日が学生生活最後の日となるかもしれない。

感傷が胸を掠めるが、操は明るい笑顔を作った。

「今日は、敬春さんも早く帰ってくるという話だし……。夕飯を作ってあげようと思って。支度をしに、早めに戻りたいです」

「はい」

操は、しっかりとした足取りで歩き出した。

これまでの生活と、決別する。

自分で決めたこととはいえ、やはり躊躇いはある。

それでも、後悔はないと誓えるから、操は今、ここにいる。


火事の後、操は東雲組の客として暮らしていた。

療養をする敬春を支えて、二カ月が経った。

軌条家が建て直されて、ようやく軌条会の人間が元の場所に戻れたのは、先週末のことだった。

それを機会に、操は二カ月の間、ずっと考えていたことを実行したのだ。

大学を休学して、操の身辺が穏やかになるまでは、ずっと軌条家で敬春の帰りを待つ生活をする、と。

このことは、まだ敬春にも話をしていない。

大学に行く道すがら、護衛をしてくれている寒江と湯川には話をし、今までの礼を言ったが、彼らにも散々引き留められた。

しかし、決意は変わらない。

操は今まで、自分が狙われているなんて欠片も思っていなかったから、大学の通学さえも不自由に拘束されている気がして、不満しか出てこなかった。

けれども、今は違う。

事情がわかって、操の命を守るために敬春や軌条会の人々が労力を費やしていたことを知り、操もまた自覚して、自分を守ることから始めるべきだと自然に思えた。

上海系組織との金銭トラブルが、どう片づくかはわからない。

敬春は、操がいつか大手を振って街を歩けるようにしてくれると言っているけれども……。

その気持ちだけで、十分すぎる。

彼が操のために、これ以上無理をすることがないように、操は心の底から祈っていた。

操がこれから暮らすのは、建て直された軌条家の奥の間だ。

離れは前と同じように建てられたが、そこには前会頭の妻である蝶子が住むのだという。

操の部屋は、敬春の部屋の続きの間を与えられた。

あの火事の後、敬春は前ほど操を拘束しなくなった。

操のほうも、安全面を考えて、一人で外に出たいとは思わなくなったのだが、敬春のほうも、前のように操を人目にも触れさせずに軟禁しておきたいとは思わないようだ。


——前は、親父がいたからな。


操が火傷痕の包帯を替えてやっていた時に、敬春は操の顔も見ずに、一言だけ呟いたことがある。

久光が操に好色な視線を向けていたことを、敬春は気にしていたようだ。

その久光がいないのが、いまだに操は信じられない。

敬春が言うには、久光はあの日、家を追放されて、別邸で監視下に置かれることが決まっていたのだという。

それに反発した久光が、金で鉄砲玉を雇って家に火をつけさせ、その騒ぎに乗じて実印などを持って逃げようとしたところを蝶子が見とがめて、容赦なくタンスを久光に向かって倒しかけたらしい。

怖い女性だと思う。

けれども、彼女のようでなければ、とても極道の妻は務まらないのかもしれない。

操は、亡くなった母親の顔を思い出す。

穏やかで、優しい人だった。

やはり、彼女のような人には向かない世界だったということだろうか。彼女だけではなく、組長だった父にも。

操にだって、とても向いていないと思う。

けれども操は、ここでしか生きられない。

何よりも、敬春と離れる気はない……。

敬春と二人で夕食を済ませて、風呂を使った操は、浴衣姿で庭を見ていた。

開け放していると、庭を見て回っている組員と目が合う。

しどけなく障子にもたれかかったまま目礼をすると、向こうも丁寧に頭を下げた。

操の今の立場は、もはや組公認の敬春の愛人だ。

それを隠すことはできないし、隠す意味もない。

操にできるのは、操の存在が敬春への反感に繋がらないように、組員一人一人に目を配り、礼を尽くすことだけだった。

「操、庭を見ていたのか」

浴衣に着替えた敬春が、やってきた。

濡れた髪に、色気が漂っている。

「……夕涼みに、いい季節になりましたね」

「そうだな」

敬春は、操の隣にあぐらを掻く。

「今日の煮物、美味かった」

「よかった」

操は、笑みを浮かべる。

「厨房の人には恐縮されて、申し訳なかったけれども……」

「ああ、あまりあいつらの仕事を取ってやるな」

「はい」

やんわりと窘《たしな》められて、操は頷く。

出過ぎた真似かと思いつつ、明日からはずっと家にいることになるので、少しだけでいいから厨房を手伝わせてほしいと操が頼んできたことを、敬春は知っているのだろうか。

「中に入らないか？」

操の肩に、敬春の大きな手が触れてくる。

「その前に、話をしていい？」

「なんだ」

「大学に、休学届を出してきました。……無期限の」

「操……」

敬春は驚愕した。全く知らなかったらしい。

組員たちは、操の口から敬春の耳に入れるのを、待っていてくれたようだ。

「俺の身の回りが、安全になるまで……。敬春さんを信じて、俺はここにいます」

「だが、おまえ……」

敬春は、口元を掌で覆う。

「携帯電話が、無駄になったな」

「友達に電話番号を教えてしまったから、暫く持っていてもいい？」

「それは構わないが……」

敬春は、肩で息をついた。

「好きな勉強だったんだろう？」

「でも、これ以上、あなたたちに警備面での負担を増やしたくない。……前会頭派の組員だって、まだ一掃しきれていないでしょう？」

「それはそうだが……。まあ、そちらは時間の問題だがな」

歯切れが悪い敬春は、操を気遣っているようだった。

「だが、いいのか？　ずっとこの家に閉じこもっていることになるが」

「家の中にいても、やれることはあるし……。せっかくインターネットも繋いでもらったし、外との連絡が途絶えるわけでもないから」

小さな鈴の音が聞こえてきた。

この二カ月ですっかり大きくなった子猫が、庭先から上がりこんでくる。

子猫はそこが定位置だとでもいうかのように、操の膝の上に乗った。

そして、あくびをして、丸くなる。

「……この子もいるし」

操は、子猫の頭を撫でた。

「そうか」

敬春は、それ以上何も言わなかった。

二人で並んで、特に言葉を交わすことなく一時間ほど夜風に吹かれてから、ようやく障子を閉めた。

部屋に入る時に、後について来ようとした猫を、敬春はそっと追い払う。

「おまえは、蝶子さんのところで休め」

子猫が不満そうに鳴き声を上げると、敬春は本気で不愉快そうな表情になった。

「この二カ月、操はおまえに貸してやっていたんだ。そろそろ返してもらう」

大真面目に敬春が言うから、つい操は吹き出してしまった。

この二カ月というもの、操は敬春と肌を重ねていない。

敬春が本調子でない上に、事件の後処理や家の建て直しなどであちらこちら飛び回り、それどころではなかったのかもしれない。

衝撃を受けた操の気持ちも慮《おもんぱか》ってくれていたのだろう。

敬春からは、以前ほど切羽詰まった感情を感じなくなっていた。険が取れたというか、穏やかな雰囲気になっている。

並べて敷かれた布団に、敬春は先に横たわった。

操は少しためらってから、帯を解いて浴衣を滑り落とすと、敬春の布団に潜りこんだ。

彼の背中に、くっつくように。

以前のように、下着はつけていなかった。

湯を浴びた時から、操は彼に肌を許すつもりだった。

敬春は操に触れなくなったとはいえ、操に関心を失ったわけではないことは確かだ。

包帯を巻き直す時、着替えを手伝う時……どんな時でも、体の一部が触れるだけで、お互いの視線が絡んだ。

欲望に濡れた視線が自分を見ていることも、操は気づいていた。

ただ、敬春は待っていたのだと思う。

操の心が和らぐ時を。

「操?」

敬春はさすがに、驚いたような声を上げた。

「……何も言わないでください」

操は、さすがに恥じらって、敬春の背中に顔を埋める。

「でも、もしも……」

あなたにその気があるのならと、操は浴衣の背中に向かって囁きかける。

これが操にできる精一杯だ。

彼の不器用な愛情に、操はこの方法でしか応えられない。

この二カ月もの間、操はずっと考えていた。蝶子に投げかけられた、『敬春を愛せるのか』という問いかけへの答えを。

操には正直なところ、まだ「わからない」としか言えない。

けれども、変わらない愛情を注いでくれる彼に、何かの形で答えたかった。

大学を休学したのも、その意志の表れだ。

敬春は性急な動作で体の向きを変えると、操を抱き寄せた。

そして操の頭の横に肘をつき、体を覗きこんできた。

「馬鹿か、おまえは」

たくましい体の下に組み敷かれて、操は身震いした。

二カ月ぶりに味わう組み敷かれる感覚に、全身が紅潮する。

「俺がどれだけ我慢していたのか、教えてやる」

口唇が近づいてくる。

操は黙って、その口づけを受け入れた。


「……っ、ふ…ぁ…………」

操は甲高い声を上げる。

語尾は長く伸び、我ながら甘えた声だった。

「ああ、久しぶりだな……」

敬春は挨拶でもするかのように、操の乳首へと口唇を寄せてきた。

ふっくらとしたその場所は、少し吸われるだけでも硬くなる。

操は、小さく身震いをした。

「気持ちいいか？」

尖ったそこを熱心に愛されて、感じないでいられるはずがない。

「はい……」

操は、小さく頷いた。

二カ月、触れられなかっただけだ。

それなのに、自分の体が、敬春を待ち望んでいるのが操にもわかった。

「相変わらず、可愛い色をしている」

敬春はもう一度きつく操の乳首を吸うと、口唇を求めてきた。

「ん……」

最初は啄むような口づけだったが、どんどん交わりは深くなっていく。

ぴちゃぴちゃと音を立てるようにお互いの舌を舐め合ってから、操は敬春の舌を喉の奥深くまで迎え入れた。

「……っ…う……」

喉奥を刺激されて、操は軽く咽せる。

口唇の端から零れた唾液は、敬春が綺麗に拭き取ってくれた。

「……あ……っ……ふ……ん……」

操は、敬春の背中に腕を回す。

敬春は操の口唇を吸いながら、合わさった体の間に手を入れてきて、性器を握り締めた。

軽く扱かれるだけで、既に勃起していた性器はますます硬くなる。

先端には、透明の蜜が滲んだ。

口唇からも性器からも、くちゅりくちゅりと濡れた音が響き出した。

「ああ……っ」

口唇を浮かせた操は背をしならせて、敬春の背中に爪を立てる。

口腔をまさぐられるのも、性器をまさぐられるのも、同じように快感を操に与える。

飢えていたつもりはなかったのに、二カ月ぶりの快楽を、全身が堪能しようとしていた。

操は足を開くと、敬春の体を挟み込むように膝を立てた。

こうすると、もっと密着できる。

隙間なく重なりあって、彼の肌を感じたかった。

「敬春さん……」

求める声で名前を呼び、わずかに身じろぎをすると、互いの性器が擦れ合った。

興奮しているその部分は、隠すこともできない。

隠すつもりもなかった。

「愛している……」

敬春は操と自分の性器を重ねるように、その大きな掌で握り込んだ。

蜜にまみれた幹同士が擦れて、操は咽せた。

呼吸が不自由になるくらい、それは心地よかった。

「……っ…あ…………」

全身が、びくびくと震えている。

敬春の手の中で、自分の欲望が高まっていく。

凹凸のある部分同士が擦れあうと、先端から一際粘りけのある蜜が吹いた。

「愛してる……愛している、操」

その言葉が、何よりの愛撫だ。

下半身の熱はますます高まり、性器は悦びの涙を流し続ける。

手が濡れて、動きがスムーズになる。

掌が激しく動き、太い筋と擦れるとたまらなくいい。

「…ふ……ぁ……」

もっと敬春を感じたかった。

操は敬春の背中に回していた右腕を、性器を弄っている彼の手の甲に添えた。

「操……？」

操が自分の意志で、彼の性器に触れようと思ったのは初めてだった。

今まで、それに怯えるばかりで、とても触れる気になんてなれなかった場所だ。

「敬春さん……」

操は口唇を半ば開くと、しきりに敬春の口唇を求める。

それに彼は応えて、操に深く口づけしてきた。

「ん……」

こうして抱き合って、互いの体に触れているだけで、達することができそうだ。

けれども、いまだ触れられない操の最奥が、それを寂しがっている。

性器同士が擦れ合う快楽よりも、一つになりたいのだと、ねだっていた。

激しく熱烈な口づけに応えながら、操は腰の位置をずらした。

大きく足を開いて、寝かせていた膝を立てる。

足で、Ｍの字を描くように。

そして、硬くなった敬春の性器を、疼いている後孔へと導こうとした。

「操……」

口唇が離れた。

操の孤独な取り組みに気づいたようで、敬春は操の額に口唇を落とすと、性器から手を放して操の後孔に触れた。

「駄目だ、まだ硬い」

「でも……」

操は、喘ぐようにねだる。

「…早く……して」

早く、一つになりたい。

先を急ぐように、腰が揺れる。

操は自分の太股の内側に手を入れて、その場所がよく見えるように足を開いた。

彼の前で、こんなにも淫らに振る舞えるのが不思議だ。

あれほど、嫌がっていたのに。

溢れた蜜が滴り、そこはもう濡れていた。

「あ……っ」

操は指を後孔へと忍ばせて、そっと開こうとする。

「操……」

敬春は息を呑む。

操の慣れない媚態を見て、彼も抑えが利かなくなったようだ。

「……愛している」

何度も繰り返しながら、敬春が入り込んでくる。

彼に貫かれて、混じりっけなしの悦びを感じた。

こんなに幸福な気分で、彼と一つになる日が来るなんて、操は想像もしていなかった。

「ああ……っ」

甲高い悦びの声を上げて、操は達していた。


快楽の熱に溺れるように、何度も互いを高め合う。

体中がどろどろになって、溶けていくようだった。

ようやく体を離した時には、朝日が地平線を掠める時間だった。

「ごめんなさい……。今日も、会社が」

「構わない」

汗と涙と唾液で濡れた顔に、敬春はさらにキスしてくる。

綺麗だなんて言われて、操は吹き出してしまった。

きっと酷い顔をしているのに。

「……笑ったな」

敬春は、感慨深そうに呟く。

「おまえの笑い顔を見るのは、久しぶりのような気がする」

操の頬を両手で挟み、敬春は額をくっつけてきた。

「愛している」

「……敬春さん、俺は」

「いいから、黙って聞け」

額同士を擦り合わせてから、敬春は口唇を啄んできた。

子供っぽいキスだった。

「愛しているから……。無理に答えを出さなくていい。待っている」

操がいつの日か、敬春を心の底から愛していると言える日を待つのだと、敬春は言う。

そんな日が永遠に来ないという可能性を、彼は考えていないのだろうか？

不遜なまでに自信家の一面は、ヤクザの組長としての、実業家としての顔に近いのかもしれない。

それとも、聡明な敬春は、操の心の襞に隠れた気持ちなんてお見通しで、それが自信に繫がっているのだろうか。

「はい」

頷きながら、もう答えは出ていると操は思った。

操は頬を染める。

感極まっていたとはいえ、操は自分から敬春をねだった。

欲しくて欲しくて、たまらなかったのだ。

それが、答えなのだと思う。

いくら体の関係を重ねた仲だとはいえ、ただの快楽が欲しいだけというのならば、あんなに焦がれない。

一つになりたいと願った。

愛しいと想っていなかったら、きっとそんなことは望まない。

「俺が憎くないか?」

問いかけてくる声は、力強い腕とはうらはらに、どこかか細い。

「ずっと愛しているから、傍にいてくれ。そうしたら、いつか――」

俺を愛してくれることもあるのかと、躊躇いがちに尋ねてくる彼が、胸が苦しくなるくらい愛しかった。

「……はい」

笑ったつもりなのに、涙が溢れてくる。

哀しかったり悔しかったりする時だけではなく、泣けてくることもあるのだと、操は初めて知った。

「あなたを、愛してしまう気がする」

たくましい胸に顔を埋めて、溜息まじりの掠れた声で操は呟いた。

# たけくらべ

父親に連れられてやってきた、少し年下の子供はとても可愛らしい顔をしていた。

まだ小学三年生だった軌条敬春《きじょうゆきはる》は、その子供は絶対に女だと思った。

「あの子は、柚木《ゆずき》組の組長になる子ですよ。仲良くしなくてはね」

遠目に見たその子どもをじっと見つめていた敬春に気づいたのか、母親は微笑んだ。

「組長？」

敬春は首を傾げる。

あんなに弱そうな女の子が組長になるのか——敬春は、不満そうに首をひねった。

柚木組の組長ということは、いずれ敬春の部下になるはずだ。

敬春は、眉間に皺を寄せる。

「……どうしましたか？」

「弱そうです」

母親の着物の袖を引き、敬春は言った。

茶色のさらさらした髪の毛に大きな目。そして、細い体、手足。いくら極道の家に生まれたからといって、とても組長が務まるようには思えない。

「そうね。じゃあ、いらない？」

「……それは」

敬春は考え込む。

その子は緊張した顔をしているけれども、敬春の父親に話しかけられ、頭を撫でられると、にこっと笑った。

ものすごく可愛い。

敬春の目は、その笑顔に釘付けになる。

父親ばっかり、あの子をかまってずるい。

敬春の部下になる子なのに。

敬春の眉間の皺は、深くなる。

弱そうだけれども、いらないとは言えなかった。

「いります」

「あら、そう？」

母親は、含み笑いを浮かべた。

「それじゃあ、あなたはどうしますか？」

敬春は、ちょっとだけ考える。

弱い部下なんて、足手まといだ。

でも。

暫く考えこんでいた敬春は、名案を思いついた。

「結婚します」

弱い部下だと思うから、いけないのだ。

敬春には、名案に思えた。

「あら」

母親は、軽やかに声を立てた。

「でも、敬春さんは軌条会の跡取りで、東雲《しののめ》組の跡取りになるかもしれなくて、あの子は柚木組の跡取りですよ」

「じゃあ、子供を三人作ります。一人が軌条会を継いで、もう一人が東雲組を継いで、最後の一人が柚木組を継げばいい」

「そんなに気に入ったの？」

母親は口元を着物の袖で隠した。

「いけませんか、蝶子《ちょうこ》さん」

「そうね、あの子が敬春さんを好きになってくれるかわからないでしょう？」

いつも厳しい母親が、慈愛深い眼差しになった。

「それに、あの子は男の子ですよ」

その言葉を聞いたときの敬春のショックは、言葉で表すことができないほどだった。

あれが男？

あんなに細くて、いい匂いがしそうで、可愛いのに。

「敬春さんが大きくなるまでに、性別を変えられる薬ができているといいわね」
母親は、楽しげに言った。

一度これと決めると、絶対に自分の気持ちを変えたりしない。
そんな敬春の頑固さを知っていた彼女は、予感していたのかもしれない。
敬春がどんな手段を使っても、あの子を手に入れてしまうことを。

――夢？
敬春は、ふっと目を覚ました。
随分、懐かしい夢を見ていたみたいだ。
操《みさお》を、初めて見かけた時の夢。
五月雨《さみだれ》の音に耳を傾けているうちに、うとうとしはじめたのだろう。
敬春は気がつけば、操の膝の上で眠っていた。
夢の中で少女のように可憐だった彼は、大きくなっても綺麗なままだ。

今では、家から出ない生活を続けているせいで、雪よりも白い肌をしていた。

その肌に触れられるのは、敬春だけだ。

子供の頃に夢見たように、敬春は彼を手に入れた。今、敬春が家に帰れば、操が出迎えてくれる。

子供の頃、敬春を魅了したあの笑顔で。

「……起きましたか」

浴衣姿の操は左手で袖を押え、右の掌で敬春の頬を包みこんだ。

冷たい掌。

それが顔へと触れる心地よさを、敬春は味わう。

こんなふうに操と寄り添い合える日が来るとは、二年前の敬春は想像もしていなかった。

まるで、奇跡のようだと思う。

「ああ……。俺は、眠っていたのか」

敬春は目を細め、操を見上げる。

「少しだけ。……もっと、眠っていたらどうですか」

「いや、いい」

敬春は、操の手をとる。

白魚《しらうお》のような手、というのはこういう手をいうのかもしれない。

操は現在、大学を休学しており、復学の目処《めど》はまだ立たない。一日中家にいて、敬春の帰りを待つ生活だ。

そんな生活が、もう一年。

正直なところ、操がここまで辛抱強く、自分の境遇を受け入れてくれるとは、敬春も想像もしていなかった。

彼が大学を休学する手続きをしたと言い出した日のことを、敬春は今も鮮明に覚えている。あれほど外に出ることを望んでいた操が、もう決めたのだと微笑んでいた。これから先、彼の身の安全が確保される状況になるまで、外に出たりしないと。

操が綺麗なだけじゃなくて、内面には静かな強さを持っていると思うのは、そういう時だ。

操の両親は、敬春が会頭をしている広域暴力団軌条会の下部組織、柚木組の組長だった。ところが、彼らは借金のことで大陸系組織とトラブルを起こし、粛正されてしまった。

両親と一緒に殺されるはずだった操の命を、敬春は自分の立場をかけて引き受け、愛人にした。

閉じこめたのは、操を守るためだった。

けれども、彼を手荒に陵辱してしまったのは、敬春が彼への想いを抑えられなかったからだ。

酷い真似をしたと思う。想いを口にできなくて、操の両親を助けられなかったことで彼に憎まれることが怖くて、操を手元に引き取って一年、真実を打ち明けるどころかろくな会話をしなかった。

操を抱けば抱くほど、敬春の心はすさんでいき、操が反抗をすれば彼が傍を離れる可能性に怯えて、ますます手酷い真似をしたこともある。

力ずくで、操を手に入れようとしたのだ。

本当は、ただ愛しいと抱きしめることができればよかったのに。

生き別れだろうが、死別だろうが、操と離れることは耐え難かった。

その一念で操を縛り付け、軟禁して……。

関係は、こじれきってしまった。

けれども、一年前、軌条会の内紛がきっかけで、操との関係は好転した。

操が外に出なくなったのは、それ以来だ。

「……子供の頃の、夢を見た」

敬春は起き上がると、操を抱き寄せた。

「あっ」

操は小さな声を上げて、敬春の胸の中に転がりこむ。

「おまえと初めて会った日のことだ」

「ああ……」

操は、ひっそりと笑う。

「俺が、敬春さんに睨みつけられた日のことですね」

「睨みつけた？」

敬春は、首を傾げる。

自分が操を睨みつけるなんてこと、あるはずがないのに。

「大姐さんと並んで立って……。少し離れたところから、あなたは俺を睨んでいた。どうして嫌われたのかと、子供心に不思議でした」

「誤解だ」

敬春は、憮然とする。

どうも、自分たち二人は始まりから擦れ違ってしまっていたようだ。

不本意だ。

「誰が、おまえを睨むか」

「でも」

「睨んでいない」

敬春は操の細い腰を腕に抱くと、そのまま畳の上に組み伏せた。

「敬春さん……」

操は、恥じらうように目を伏せる。

そんな奥ゆかしげな仕草が、愛おしい。

「……あれは……おまえが笑っていたから」

俺以外の相手に。

敬春は口ごもる。

「敬春さん？」

操は首を傾げている。

「……静かに」

敬春は、操の口唇を掠め取る。

「ん……」

操は目を伏せる。

敬春は、大きく目を開いた。

この控えめな表情がたまらなくそそる。

欲しくなった。

浴衣の合わせをくつろげようとすると、操の白い手が優しく敬春の甲を押えた。

「待って」

操はぱっちりと目を開くと、じっと敬春を見上げる。

「俺が笑って……。それで、どうしたんですか？」

「操……」

敬春は溜息をついた。

真っ直ぐな目で見られると、弱い。

「答えて」

穏やかな態度だが、操は譲る気はないようだ。

敬春は息を呑む。

操は手を離さない。

「……だからっ」

敬春は、観念したように呟いた。

「おまえが、俺以外のやつに笑いかけるから」

「……」

操は、じっと敬春を見つめる。

無言だ。

呆れられたかと敬春は肝を冷やしたが、やがて操は花が開くように微笑んだ。

あの、敬春を魅了した綺麗な笑顔で。

ありがとうございました。

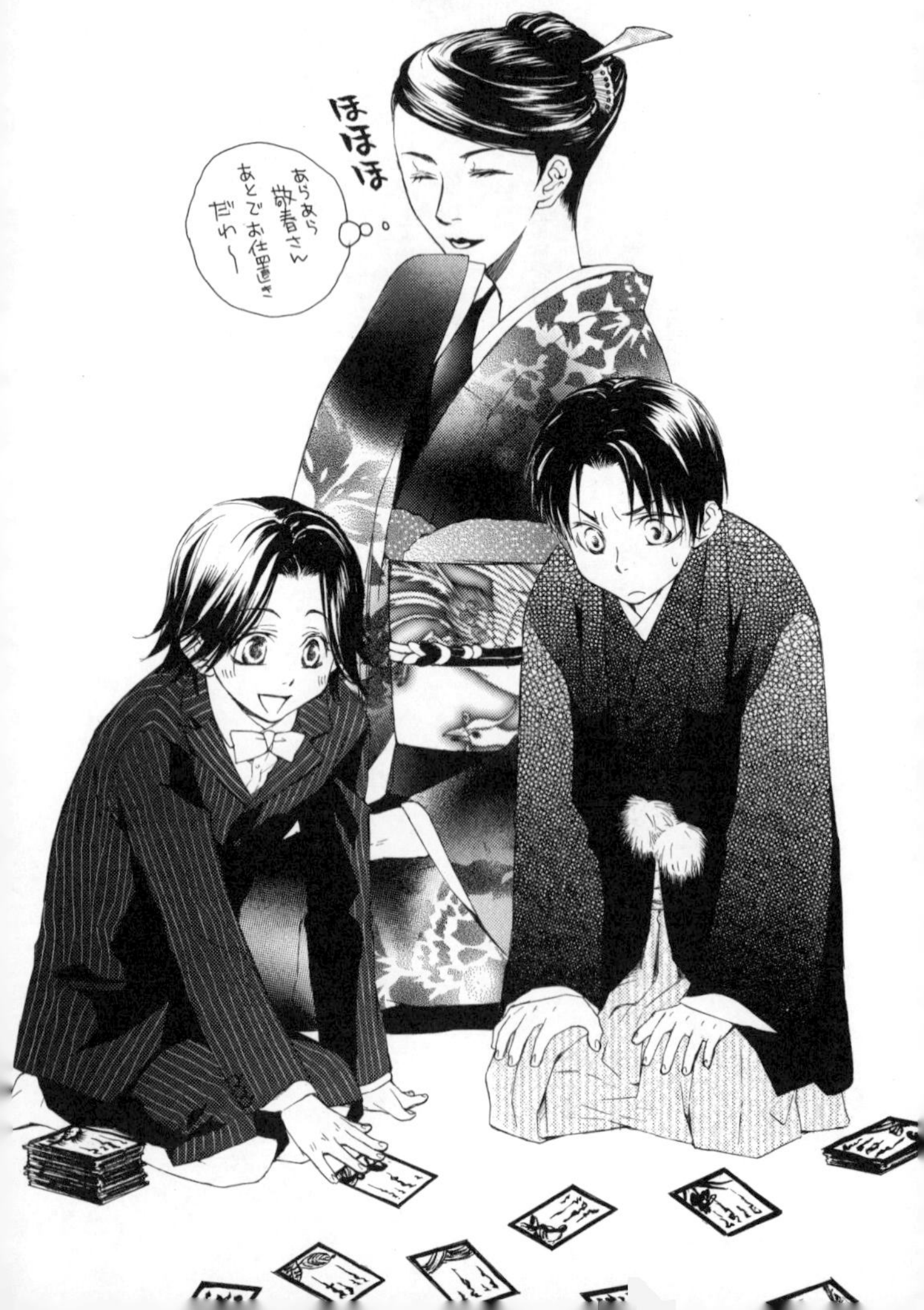
ほほほ
あらあら敬春さんあとでお仕置きだわ〜

# 春望

――あなたを、愛してしまうかもしれない。

その小さな呟きだけが、軌条敬春《きじょうゆきはる》の中の炎を宥める。

恋い焦がれた相手さえも責め苛まずにはいられなかったほどの、激しい欲望の迸りを。

五月雨の音が、子守唄になったのだろうか。

敬春が帰宅したとき、同居人である柚木《ゆず》操《きみさお》は濡れ縁に出て、障子にもたれかかるように眠っていた。

寝巻きがわりの浴衣の膝の上には、彼が飼っている猫がちゃっかり丸くなっている。

操はまつげが長くて、寝顔はとても少女めいていた。彼の凜とした眼差しが敬春は好きだが、眠り顔のはかなさも愛おしく感じる。

よく寝ているようなので、起こすのはためらわれた。しかし、もう夜の十時も回っている。いくら初夏とはいえ、このままでは風邪をひくだろう。

「操」

ためらった挙げ句、敬春は操を呼び、そっと肩を揺する。

操の薄い瞼が小さく痙攣をした。けれども、まだ起きない。よほど、ぐっすり眠っているのだろうか。

彼のかわりに膝の上の猫が目を覚まし、抗議をするかのように、にゃあと鳴いた。

「……風邪をひくぞ、操」

数千人規模の構成員を持つ広域暴力団の支配者とは思えないほど優しい声で囁き、敬春は彼の細い肩を抱く。

風呂に入ったあとなのだろう。操からは、よい香りがした。

「起きろ、俺を一人にするな」

駄々をこねるように呟いて、操のほっこりと開いた口唇を啄む。

柔らかく、甘い感触だ。

この口唇に触れたいと思うようになったのは、いったい幾つのときだっただろうか。いつの頃からか、恋い焦がれていた口唇だった。

最初に感じた欲望の兆しを、敬春はもう覚えていない。

敬春と操は幼なじみだ。たおやかな外見をしているものの、操もヤクザの組長の息子だ。彼の父親が組長だった柚木組は壊滅し、操は一人になってしまったが、かつては父親に手を引かれて、軌条の本家に遊びに来たものだ。

あまりにも華奢《きゃしゃ》で、愛らしい外見をしているから、敬春ははじめ、操は女の子だと思っていた。小さな頃の操は、今以上に細身だったのだ。

あんな弱そうな部下はいらないけれども、可愛い操のことは欲しかった。敬春は悩んだ挙げ句に、操と「結婚する」と言ったのだが、母親には朗らかに笑われてしまった。

操が男だと知ったときの敬春のショックは、筆舌に尽くしがたい。

本当に幼く、物事の道理もわかっていない時代の、初恋だ。あまりにも簡単に、敬春は操に一目惚れしてしまった。理屈じゃなかった。

やがて操を知るにつれ、彼のたおやかさの裏側にある芯の強さに敬春は惹《ひ》かれていった。

成長するにつれ、極道の世界にどっぷりと浸かっていった敬春は、同じ世界に生まれながらも涼やかで清廉なまま大きくなった操に、ある種の憧れめいた感情を抱くようになったのだ。

知れば知るほど、欲しくなった。

華奢な体を組み敷く夢を初めて見たときは、さすがに愕然《がくぜん》とした。しかし、同時に納得もした。自分は、操に欲情しているのだと。

操に対する独占欲はずっと早い時期に目覚めていて、その夢は自覚の証でしかなかったのだ。

恋の証。

操はまったく敬春の欲望には気づいていなかったようで、下心たっぷりに操に好かれるように尊敬されるようにと接していた敬春に、すんなりと懐いてきた。それに、父親同士の力関係から、敬春にはとても気を遣ってくれたように思う。

しかし、敬春は、単なる操からの好意だけでは満たされなくなっていった。

それでも、激情をぶつければ操を傷つける。いくらなんでも、その程度には理性は働いたから、敬春はずっと想いを抑えていた。

いずれ操を自分のものにしたいとは思っていたものの、何も暴力的な手を使おうとは思っていなかったのだ。

傍に寄れば欲望を抑える努力が必要となったものの、敬春はまるで綺麗な花を愛《め》でるような態度で、操に接した——柚木組が壊滅するまでは。

あの出来事が、敬春の心の微妙なバランスを壊した。

操を殺すか。生かすか。

与えられた決断のための時間はとても短かったが、敬春が選んだのは自分の欲望をも満たす道だった。

永遠に失うくらいなら、無理矢理にでもモノにしてやる。自分の腕の中に閉じこめて、どこにも行かせず、大事に大事にしてやるから、ずっと傍に……。

……その欲望の罪深さに気づいたのは、操を無理矢理手に入れたあとだった。

両親とともに見殺しにされそうだった操を、敬春は独断で助けた。操の命の代価は自由を奪うこと。敬春の監視のもと、彼は生きながらえることになったのだ。

できる限りのことをして大切にしてやろうとしていたのに、操は敬春を拒んだ。たとえ抱いているときには淫らに喘いだとしても、普段はこわばった表情で、冷ややかな眼差しでしか敬春に接してくれなかった。

操はただなよやかなだけではなく、誇り高い男だったのだ。

彼の拒絶は、想像以上に堪えた。

操の誇り高さを愛しくも思ったが、冷たい態度をとられるたびに、敬春は鬱屈していった。

苛立ち、さらに惨《むご》い仕打ちを操にしてしまった。

それでも、完全にこじれてしまったかのように見えた関係は、今では少しずつ好転を始めている。

操は以前のように、敬春のもとから逃げ出そうとしなくなった。鍵のついた部屋に閉じ込めなくても、ちゃんと敬春の帰りを待っていてくれる。

それが、どれだけ敬春を喜ばせただろう。

操の態度の軟化が、敬春の心にも余裕をもたらしたのかもしれない。以前ほど、敬春は突き動かされるように操を抱くことはなくなった。暴力的に押さえつけ、その体を貪り、所有権を主張するのはやめた。

今は、彼にもっと優しくしてやりたいと思っている。大事にしたい。おまえだけが大切なんだと、あらゆる方法で伝えたかった。

何度か口唇を啄むと、ようやく操が目を開ける。

瞳はわずかに潤み、少しぼんやりとしている。

いたいけにも見えるその表情が、愛しい。

「……お帰りなさい、敬春さん」

幾度か瞬きをした操の薄茶色の瞳は、ようやく焦点が合った。ふっと、表情が和らぐ。

「眠るなら、中に入ったほうがいい。風邪をひく」

「はい……」

頷いた操を、敬春は両腕で抱きあげようとする。ところが、彼はさっと敬春を制した。

「待って、ゆずが」

膝の上の猫を、操が気にしている。

いくら前よりも切羽詰まった気持ちではないとはいえ、彼の関心が自分以外のものにあるのは、面白くなかった。

「どかせばいいだろう」

猫を操の膝からどかせると、猫は不愉快そうな鳴き声を上げた。

不愉快さなら負けてはいない。敬春は眉を顰める。

ゆずという名のその猫は、操によく懐いている。

もともと敬春が拾って育ててはいたのだが、こうして操の膝を独占されると、面白くない気分だった。

我ながら子供っぽいとは思うが、このゆずとはいずれ雌雄《しゆう》を決する必要がありそうだ。

「敬春さん、そんなことをしたらかわいそうですよ」

操は、そっと敬春のことを窘《たしな》める。

ずっと屋敷の中にこもっている操にとって、ゆずは心の慰めなのだろう。とても可愛がっている。

もしかしたら、敬春の存在よりも、猫のほうが大事なのだろうか……？

ゆずを撫でる操を見ていると、複雑な気分になる。

その優しげな手つきから、操がゆずを純粋に愛しているのが伝わってくるからだ。

あんなふうに、敬春は触れてもらえない。

操の態度が軟化したし、体を求めれば応えてくれる。自ら帯を解き、膝を折り、敬春を深い場所まで受け入れた。

けれども、彼は敬春のことを愛しているわけではなかった。

一年もの間、軟禁し、屈辱的な体の関係を強いていた敬春を、今すぐ愛してほしいとはさすがに望めない。

いずれ、ずっと遠い先でいいから、敬春のことを想ってくれる日が来るかもしれないという可能性を与えられているだけで十分だ。

そう思ってはいても、操の言動には神経質になってしまう。

以前のように、こわばった表情で見られたくない。

拒絶の言葉を聞いたら、また理性の箍《たが》が外れてしまいそうだ。

我ながら、余裕がないのだが。

受け入れてもらえているだけで、望外の幸せだ。そう思いはするのだが、こんなに愛しい体が身近にあるのだ。独り占めしたくてたまらない。

焦れている敬春に気づいているのか、いないのか。ゆずをあやしていた操はやがて、猫を膝の上から下ろした。

「おまえは、大姐さんのところでおやすみ」

操は優しく呟くと、ゆずを庭に放した。猫は小さく鳴くと、敬春の母親が住んでいる離れへと駆けていく。

「……いいのか？」

邪魔者が消えたのは嬉しいが、それを素直に表すことはできない。

敬春はそっと、操に尋ねた。

「はい」

操は小さく頷く。

敬春の手にしがみつくように立ち上がった彼の頬は、ほんのりと赤い。

「一緒に寝るわけには、いかないでしょう?」
腕を絡めたまま、操はそっと敬春に寄り添ってきた。
恥ずかしくて、と操は呟く。
相手が猫とはいえ、見られるのは恥ずかしい……。
操は、いたずらっぽく囁く。
指が絡みあう。
掌が熱い。
鼓動が大きくなるが、どちらのものかはわからなかった。
敬春は強く操の手を引くと、そのまま彼を抱き寄せた。
「操……」
そして、貪るように口唇を吸う。
「……っ、あ……」
操は、か細い声を漏らす。
けれども、彼は敬春を拒んだりしなかった。
口元には、ほのかな笑みが浮かんでいる。
自分のしたことを、許してもらえるとは思わない。
けれども、少しずつこの想いを受け入れてもらえているのだろうか……?

小学生の頃から、操のことだけ見つめてきた。

経る年月が募らせてきた愛しさを、敬春は激情から歪《ゆが》めてしまったけれども、最近の操がよく見せるようになった控えめな笑顔は、彼に一目惚れしたときのことを思い出させてくれる。

あのときの、純な気持ちを。

……俺たちは、大丈夫だ。

不安よりも、敬春の中には自信に近い予感があった。

相手に期待ができなくなったら終わりだ。恋であれ、そのほかの関係であれ。

しかし、今聞こえてくる、どちらのものともわからない高鳴る胸の鼓動は、未来への期待の兆しなのだ。

可能性があるというのであれば、それだけを見つめて、求めているものを得られない苛立ちやこみ上げてくる激情を鎮めることができる。

敬春は、祈るような思いで、操の細身の体を思いっきり抱きしめた。

「敬春さん……」

か細い声で名前を呼ばれると、たまらない気分になる。

名を呼ばれるだけ。それでも、十分だ。

拒む言葉は、聞こえてこない。

こうして肌を重ねていれば、いつか操も敬春と同じ気持ちを抱いてくれないだろうか。

その柔らかな体内に叩きつけた熱情が、いつか彼の心も染めないだろうか？
敬春は、何度も愛しい口唇を吸い上げた。
その口唇が、たった一つの言葉を囁いてくれる日を、敬春は待ち続ける。
それがたとえ、どれだけ永くかかろうと。

# いつかの夢に見る月は

愛した相手が、生涯で一番大きな悲しみに浸っている最中のことだった。

貞淑な喪服を強引に暴けば、夢にまで見た白い肢体が露《あらわ》になる。

軌条敬春《きじょうゆきはる》は、小さく息を呑んだ。

（これが、操《みさお》の体……）

なんとも言えない情動が、下腹から突き上げてくるような気がした。

きっと、他の誰の裸を見てもこんなにも興奮しない。

すぐ手の届く距離にありながら、ずっと触れられなかった体。見ていることしかできなかった相手だからこそ、こんなにも熱くなる。

自分と同性の体を見て、喉が渇くほど興奮していた。

敬春は、悔しげに涙を流す男をじっと見下ろす。

柚木《ゆずき》操。

彼に恋をして、いったい何年が経っただろう。

ずっと心に秘めていた、淡い想いだった。

……そう、決して劣情をぶつけたいと思っていたわけじゃない。体だけが欲しかったわけではないのだ。

(それなのに、まさか、こんな形で操を抱くことになるなんて)

運命の皮肉に、笑うしかない。

苦い気持ちは飲み下す。

少なくとも、今の敬春では、こうするしか操の命を救うことができないのだ。

たとえ、憎まれても。

体の下の操は、今まで敬春が見たこともないような表情をしている。

恐怖と怒りが入り交じった激情の炎が、彼の澄んだ双眸で揺らめいていた。

彼は、幼馴染《おさなな じ》みのような相手だった。

初めて見たときの操は少女のように愛らしくて、敬春は一目で恋に落ちた。本気で、「大人になったら操と結婚する」と主張し、母親に笑われたことすらある。

操が男だと知ったあとも、気持ちは変わらなかった。一目惚れの余韻は敬春の胸を満たしたまま、成長しても薄れていくことはなかった。

操の控えめな強さ、優しさを敬春は愛し、ずっと彼を欲していた。

男だろうと、かまわない。

さすがにこの年になったら、彼と結婚することなんてできないとわかっている。操自身が、敬春に恋情なんて抱いていないことも知っていた。

それでも、欲しい気持ちは抑えられなかった。

実らない恋でもよかったのだ。

勿論、ずっと胸に秘めたままでいたかどうかはわからない。いずれ、敬春は操に告白することもあったかもしれない。

……でも、間違っても、こんな形ではなかった。

操を押さえこんだまま、敬春は辺りに気を巡らす。

部屋の外には、多くの人間の気配を感じる。

敬春が操を屈服させ、自分の『女』にする瞬間を固唾《かたず》を呑んで眺めている人々の気配を。

操の両親の葬儀の席。このしめやかであるはずの場で、敬春は操を最悪の方法で辱《はずかし》めようとしている。

こうするしか、操の命を助ける方法はなかった。

けれども、こうして衆目の面前で陵辱《りょうじょく》すれば、永遠に操の気持ちが手に入らないことも、敬春はわかっている。

彼に憎まれるだろうということも。

幼い頃から焦がれて、大事にしていた恋心が今、手の中で死のうとしている。

(それでも、操が生きるのなら)

敬春は、涙に濡れた瞳で自分を見据えてくる操を見返した。

清々しいまでに凜とした眼差しは、きっと敬春が辱めたくらいでは変わらない。操の芯の強さを、表しているかのようだった。

そのことに、心のどこかで安心している。

こういう操だから、永遠に自分を許さない。たとえ、そうだとしても、変わってほしくなかった。

敬春はこの手で、愛した相手を貶《おとし》める。けれども、堕ちてほしくない。

自分でも、ひどく矛盾したことを言っているのはわかっているけれども。

(俺を憎んでもいい。だが、生きてくれ)

心の中で、小さく呟く。

(俺の腕の中で)

操の体を手に入れるかわりに、敬春の恋心は永遠に死ぬ。

恋する相手を最悪の方法で傷つける、自分にふさわしい罰だ…。


たとえ、どんな理由があろうとも。

「……っ、う……」
小さく呻いて、敬春は目を覚ました。
遠い日の、夢を見た。
(まだ、胸の中が焼けるような)
肩で、息をつく。
時計は、夜中の二時。
中途半端な時間に、目を覚ましてしまったものだ。
無意識のうちに、手が動く。
傍《かたわ》らの温もりを、探してしまう。
それはいつのまにか、敬春の中でくせになってしまった行為だった。
愛しい相手が傍らで眠るようになった、その時から。
手を伸ばす瞬間は、いつも緊張している。
もしかして、その場から消えているのではないか。
死に値する屈辱を受け続けている彼が、早まった真似をするのではないかと。
(……操……)
愛しい名前を、そっと呼ぶ。
彼のことを考えると、敬春らしくもなく気持ちが乱れていく。

（……いや、もう前とは違う）

昔のことを思い出したみたいで、ひどく動揺していた。

敬春は、もう一度深く息をついた。

夢は現実だ。

しかし、今では過去のことだった。

時間は流れ、状況は変わった。

（少なくとも今の操は、俺から逃げるために死を選んだりはしない）

様々なすれ違いの果てに、操は敬春の気持ちに答えないまでも、許容してくれるようになった。

希望を与えられた敬春の恋心は、再びみずみずしく芽吹こうとしている。

成就という果実を、実らせるために。

だから今、傍らに手を伸ばす行為の意味合いは変わりつつある。

彼との関係に緊張感が漂い、いつ失うかもわからなかった時代とは違うのだ。

純粋に、愛しいものを慕う気持ち。それが、行動に表れてしまうまでだ。

ところが、その愛しいものの体温が指先に触れない。

敬春は、はっと起き上がった。

「操……！」

慌てて、その名を呼ぶ。

操は、敬春のことを受け入れてくれたはずだ。

だから、もうどこにも行かない。

彼は敬春の腕の中から逃げたりしない。

彼は芯が強い性格だから、一度「こう」と決めた以上、たやすく己を変えたりはしないはずだった。

……そう信じているのに、心臓が止まりかける。

あの生真面目な操が、敬春に嘘をついているとは思わない。

どんな辛い立場でも、彼は己の真実を貫き通そうとしていたのだ。

だから、敬春を受け入れてくれるようになったのは、彼の真心のはず。演技などでは、ないはずなのだ。

操は、それほど器用ではない。

だから、どこにも行かないはずだ。

そのはずだが……。

「どこだ、操……！」

声は、きっと上擦《うわず》っている。

それほど、敬春は焦っていた。

どうしても、失いたくない相手だ。その姿が不意に見えなくなったのだから、ひどく焦燥感に駆られてしまう。

「敬春さん？」

涼やかな声で名前を呼ばれ、はっと敬春は息を呑んだ。

障子が静かに開き、操が姿を現す。

満月を背にして立つ操は、静謐《せいひつ》で、美しい。

思わず、息を呑んでしまうほどの。

惚れた欲目かもしれないが、容姿も心映えも、敬春は操より美しい人を知らなかった。

いまだ自分のものとは言い切れないとはいえ、彼は敬春を受け入れつつある。それを奇跡と感じるほどに、操は美しすぎた。

操の足下に、すりっと猫《ねこ》が寄り添う。

ゆずという名のその猫は、操によく懐いていた。

にゃあ、と小さく鳴いて、ゆずは大人しく操の足下に座った。

まるで、操の守り神でもあるかのように。

「どうかしましたか、敬春さん？」

もう一度名前を呼ばれ、敬春の全身から力が抜けた。

（俺は、何を……）

操は、どこにも行かなかった。

ここにいてくれる。

そのことに、胸を撫で下ろす。

(らしくもない)

何を、動揺していたのだろう。

やはり、まだ実感がないのか。

操が、敬春の傍《そば》にとどまる決意をしてくれたということが。

「……おまえこそ、何をしていた?」

敬春は、動揺を隠すように違う話題を振る。

操の前では、みっともないところは見せたくない。常々そう願っているのに、上手くいかないものだ。

「月を見ていました」

操は穏やかに微笑んで、ゆずを抱き上げる。

甘えるように頬を寄せたゆずの仕草に、操は小さく笑みを漏らす。

操は中性的だが、間違いなく男だ。

しかし、慈しむような眼差しをしているときの彼は、母性すら感じる表情を見せた。

何もかも包み込む、懐深《ふところぶか》さがある。

それが、操の強さだった。

敬春は、大きく息をついた。

敬春の目には、操こそが、この世の誰よりも美しく、輝いて見える。

月の光に照らされた姿には、神々しさすら感じられる。

この手で陵辱し続けたのにも関わらず、決して汚れることも堕ちることもなかった存在。

(……本当は、俺には操を美しいと感じる権利さえもないかもしれないが)

己のしたことが、どれだけ卑劣《ひれつ》な真似だったかはわかっている。

それでも、操は屈しなかった。

だからこそ過剰に、彼を神聖視してしまうのかもしれない。

(どれだけ汚しても、おまえは汚れないから)

操に対して、夢を見すぎているのかもしれない。


しかし、彼の前での敬春は、ヤクザの組長でもなんでもなくて、初恋を貫こうとしているただの男になる。

恋する相手に夢を見ない男なんて、この世にいない。

「今日は、とても月が大きくて綺麗に見えます」

癖のない髪をさらりと揺らし、操は庭を振り返る。

夜空を。

彼が言うとおり、今夜の月は明るく、そして大きかった。

吸い込まれてしまいそうなほどに。

けれども敬春は、もう月なんて見えていない。

月よりも何よりも、操のほうが美しい。

それに、操が月に見とれているのも面白くなかった。

彼の視線すらも、独り占めしたいのだ。

いい風が吹いていて、操の髪や浴衣《ゆかた》の裾《そで》を撫でている。

ちらりと見えた白いくるぶしや、髪をかき上げる自然な仕草に、胸が高鳴った。

「操」

名前を呼んで、彼の視線を自分に引き戻そうとする。

操は素直に振り返ってくれた。

優しい色の瞳に、敬春がはっきりと映っている。

少し前のとげとげしい空気を、彼を初めて抱いた時の覚悟を思えば、それだけで奇跡のようだった。

「どうかしましたか？」

まっすぐ目を見て答えてくれる、そんな些細《ささい》なことが舞い上がるほど幸福だった。

操を強姦したあの時に、二度と叶わないと覚悟していたものの一つだったから。

敬春は、じっと操を見据えた。

ひどく、渇きを感じている。

月に、操を奪われそうで。

彼の前では、敬春はまったく余裕をなくしてしまうのだ。

「おまえを抱きたい」

遠くから、ずっと想っていた。

美しい幻のように。

近づいて、生身に触れても、幻滅することはなかった。

操は、はにかむように伏しがちになる。

「……」

黙りこくった操は、俯き加減で帯に手をかけた。

その華奢《きゃしゃ》な白い手は、ゆっくりと帯を解いていく。

敬春は、思わず息を呑んだ。

操の体は、一時期痩《や》せすぎるほど痩せすぎていた。

しかし、敬春との関係に落ち着きが出てからは、すらりと均整よく、細身に肉がつきはじめている。

その白い肌には、敬春自身がちりばめた赤い痕《あと》が鮮やかだった。

自分で刻みつけたその刻印に、敬春の雄の本能は煽《あお》られる。

恥じらうように目を伏せつつ、大胆に浴衣を滑り落とした操は、全裸で手を差しのべてくる。

敬春は、その体に吸い寄せられるように抱きしめていた。


敬春の腕に堕ちてきた体は、華奢だが、しなやかな強さを秘めている。

彼からは、いつもいい香りがした。

まとわりついていたゆずは、気配を察したのかいつのまにか消えていた。

これで、二人っきりだ。

なにかと言えば操の傍にいたがって、敬春にとってはまるでライバルのように感じることもあるゆずだが、こうして抱き合っている時だけは遠慮してくれる。

ぴったり重なり合った二人の間に、入り込むことはできないと知っているかのようだった。

敬春も帯をほどき、肌と肌を触れ合わせる。

操の体温は、高くもなく、低くもなく、心地よい温もりを敬春に与えてくれた。

しっとりとなじむ肌の感触に、心が弾む。

何度抱いても、抱き足りない。

心が重なり合わないかわりに体を重ねていた時には、操を抱けば抱くほど敬春の心は飢えていく気がしていた。

どれだけ交わってもひとつになれないことを、思い知らされていたような気がしたからだ。

でも、今は違う。

操は、敬春を「愛してしまうかもしれない」と言ってくれた。

決して、愛してもらえたわけじゃない。

けれども、敬春のしたことを操が許し、そして二人の関係に希望が芽生えたことを意味するのだ。

生涯、操に愛されることはないという諦めを抱えていた敬春にとって、それは過ぎた幸福だった。

自暴自棄と紙一重の諦観《ていかん》のまま、操を荒々しく抱くよりも、こうして静かに肌を重ねることができるほうが、もっとずっと快感へと繋がっていく。

細い髪をすくいながら、操の柔らかい頬に口づける。

自分と操は、年はそう変わらない。

そのはずなのに、彼はまるで幼い子供のように柔らかな肌をしている。もっちりとしていて、いつまでも撫でまわしていたくなる。

特に操が気に入っているのは、その平らな胸だ。

そして、アクセントのように色づいている、小さな尖《とが》りだった。

操はとても感じやすく、そこに少し触れるだけで乱れていく。

そこを性感帯に仕立てあげたのは、敬春だ。そう思うと、快感もますます増した。

「……ん……っ」

操は、小さく喉を鳴らした。

「くすぐったいですよ、敬春さん」

「……あ、ああ……」

敬春は、小さく声を上擦らせる。

どうやら、無意識のうちに操の肌を撫でまわしていたようだ。

自分の彼への執着のすべてを、その指先が表している。そう考えると、なんとなく気恥ずかしくなってしまった。

「……くすぐったいんじゃなくて、好《い》いんじゃないのか？」

敬春は小さな声で囁いて、滑らかな肌に口唇を寄せる。

操の感じやすさを言葉にすれば、彼が恥ずかしがることはわかっている。羞恥《しゅうち》で身悶える操は色っぽいし、敬春自身の照れくささを淫らな熱で隠してほしかった。

「あ……っ」

敬春に感じさせられていることを恥じらいながらも、操は色っぽい声を漏らしてくれた。

男の欲をかき立てる、濡れた声だ。

指先に触れた、乳首は少し硬くなっている。

しこりみたいになっているそこを思いっきり摘みあげると、細い体は大きくしなった。

もともと、感じやすい体だ。

敬春にねじ伏せられても感じることに、操自身が己への苛立ちを隠しきれなかったほどに。

だからあの頃は、感じていてもどこか表情は強張《こわば》っていて、全身で敬春を拒絶していた。

しかし、今はどうだろう。

(受け入れられている)

喉を鳴らしながら、敬春は操の中へと指先を潜《もぐ》らせる。

しっとりと温かく湿っているそこは、易々と敬春の指を迎え入れた。

敬春を、決して拒んだりはせずに。

操の体は熟《う》れきって、敬春に慣らされている。そのことに、とても興奮させられた。

思わず、喉が鳴る。

小さく喘ぐ操の体の中で、二本の指をばらばらに動かした。濡れた肉襞《にくひだ》の感触を味わうように中を撫でると、操は小さく身震いした。

愛しい。

こんなふうに、素直に反応してくれるのが嬉しかった。

男のセックスは、単純だ。性器を弄れば、それなりによくなる。

けれども、恋い焦がれる相手が自分の手によって感じてくれる時ほどの喜びは、性器の摩擦《まさつ》では得られないものだった。

「……操、キスを……」

囁くと、操は少しだけ頭を上げてくれた。

敬春が、キスしやすいように。

「ん……っ」

薄い口唇から溢れる息も、内側から濡らしていく唾液もみんな、啜《すす》りあげるように敬春は飲み下す。

もっと、深い部分に触れたい。

征服欲ではない。

欲しているのは、焦がれてやまない相手との一体感だ。

彼が自分を受け入れていることを確かめたいという、切ない願いだった。

「……操、愛してる」

小さい声で囁くと、操は小さくうなずいた。

いつの日か、この口唇から「愛している」の一言を聞くことはできるだろうか。

(……焦っても仕方がない)

待つしかない。

いつか、彼の心が敬春のものになってくれるその日を。

敬春は、自分自身に言い聞かせる。

悲観することは何もない。

操は、今この腕の中にいるのだから。

操から、心を奪うことはできない。

……彼にありったけの、もてるすべての愛情を注ぎ込むことしか、敬春にはできないのだ。

芽吹いた希望を摘まないように。

指を引き抜くと、まるで寂しげに、柔らかい肉が絡みつく。

その感触に満たされたような心地になりながら、敬春は自分自身を操の中に埋めていく。

ひとつになる喜びを味わいながら、敬春は何度も「愛している」と繰り返した。

いつかその言葉が、操の中で募ってほしい。

そして、芽吹いた期待を花開かせてほしい……と。

祈りをこめて抱き締めて、答えてくれる吐息に胸を弾ませる。

ただひたすら、操を愛することに必死になる。

溺れる。

愛しい体を抱きながら、敬春は祈り続ける。

いつか、操に愛してもらえますように。
彼の心の中に、恋が芽吹いてくれますように……と。

彼さえ傍にいてくれるなら、待つことは何も辛くない。

# あとがき

こんにちは、あさひ木葉《このは》です。

今回は、敬春《ゆきはる》と操《みさお》のシリーズ文庫版で読者の皆さんにお会いできて、すごく嬉しいです。出版社さんにも、御礼申し上げます。ありがとうございます！

このシリーズは、私にとっては思い出深いものでした。今回初めて手にとってくださいました方々にも、楽しんでいただけたら嬉しく思います。

また、新書版をお持ちの上で、今回の文庫版を手にとってくださいました皆さん、続けておつきあいをくださいまして、本当にありがとうございます。書き下ろしは二十ページほどですが、楽しんでいただけたら嬉しいです。これからも、文庫版の書き下ろしは、敬春視点でいければと思っています。あまり言葉数が多くないというか、「もっと自分の気持ちを話せ」という感じの彼ですが、あの時こんなことを考えていたのか、と、違う方向から見ていただけたらいいなあと思っています。

文庫版はこのあと、数ヶ月おきで発行される予定です。全部発行されるころにはスピン・オフの「契愛」の二人のその後についてなど、お知らせできたらいいなと思っています。どうぞよろしくお願いします。

また、せっかく文庫版も出たことですし、この二人の気持ちが通じ合っていない時代のお話（……というか調教？）ネタやくっついた後の小話などを、同人誌などでも書けたらいいなあと思います。今はお仕事でめいっぱいで厳しそうですが、冬になる頃にそっとどこかで出せたらいいなと、夢だけ見ています。その際には、書店さんに委託をしていただく予定なので、見かけたら手にとっていただけたら嬉しいです。

イラストの笹生《ささお》コーイチ先生、旧版と同じくイラストのご使用許可をくださいまして、本当にありがとうございます。先生のイラストあってこその、このシリーズです。本当にお世話になります。また文庫版でも、おつきあいいただけたら嬉しいです。

いつもご迷惑をおかけしている担当さん、なかなか本調子に戻らず、本当にすみません……。根気強くおつきあいをくださいまして、いつもありがとうございます。なんとかこの秋で立て直せるようがんばります。これからも、よろしくお願いいたします。

この本をお手にとってくださいました皆さん、本当にありがとうございます。文庫版のお話をいただけるのも、みんな読者さんあってのことです。いつも、ありがとうございます。これからも、ちょっとでも萌えていただけるお話を書けるよう頑張りますので、よろしくお願いします。

それでは、また次の本でお会いできますように。

あさひ木葉

BUNKO

Rose Key BUNKO

# 好評発売中！

## ハートもエースも僕のもの♥

南原　兼

ILLUSTRATION◆明神　翼

**誘惑は首位奪還の為？　深窓の令息の決意！**

北条家長男・北条陸と御鏡京のおにきゅんラブ☆書き下ろし追加で登場!!
百合ヶ丘学園シリーズ文庫化★第一弾!!

## ◆◆応募要項◆◆

◆募集作品◆
ボーイズラブ系のオリジナル作品。

商業誌未発表・未投稿なら同人誌も可。

◆応募資格◆
年齢・性別・プロ・アマ問いません。

◆応募枚数◆
42文字×17行で220ページ前後。

◆注意事項◆
原則としてテキスト原稿。縦書き仕様（感熱紙は不可）。

原稿にはすべてノンブル（通しナンバー）を入れ、ダブルクリップで右端を綴じてください。

原稿の1ページ目に、作品のタイトル・本名（フリガナ）・ペンネーム（フリガナ）・年齢・住所・電話番号・投稿経歴を添付してください。

原稿2ページ目に、作品のあらすじを700字以内にまとめて添付してください。
※優秀な作品は、当社より書籍として発行いたします。
また、その際は当社規定の印税をお支払いいたします。

投稿原稿は返却いたしませんのでご了承ください。
※郵送のみ受付いたします。直接持ち込みはご遠慮ください。
※採用の方のみ編集部よりご連絡させていただきます。

## ◆◆原稿送付先◆◆

〒162-0814　東京都新宿区新小川町8－7
株式会社ブライト出版
ローズキー文庫編集部「小説募集」係

BUNKO

ローズキー文庫をお買い上げいただきましてありがとうございます。
この本を読んだご意見、ご感想をお寄せ下さい。

〒162-0814
東京都新宿区新小川町8−7
㈱ブライト出版　ローズキー文庫編集部
「あさひ木葉先生」係　／　「笹生コーイチ先生」係

# 虜囚—とりこ—

初出　虜囚—とりこ—………………アルルノベルス（2005年刊）
いつかの夢に見る月は………書き下ろし

2011年10月30日　初版発行

†著者†
あさひ木葉


†発行人†
柏木浩樹

†発行元†
株式会社　ブライト出版
〒162-0813　東京都新宿区東五軒町3−6

†Tel†
03-5225-9621
（営業）

†HP†
http://www.brite.co.jp

†印刷所†
株式会社誠晃印刷



ISBN978-4-86123-185-8 C0193　Printed in JAPAN